U0894885

四月女友

四月になれば彼女は

[日]川村元气——著
闫雪——译

CS 湖南文艺出版社 HUNAN LITERATURE AND ART PUBLISHING HOUSE 博集天卷 CS-BOOKY

那个时候，

有那么一个人，

比我自己还重要。

目录

Contents

四月女友

目录 Contents

在平平淡淡的日常中，

带着爱生活下去。

九年不见了。

我有些话想告诉你，于是开始提笔给你写信。

一直以来，我都以为写信是件轻而易举就能办到的事。

可当真正提起笔，我才发现根本没有自己想象的那样简单。仔细一想，认真地执笔写信这种事，我似乎已经有十多年没干过了。心里惦记着某人，并为了这个人写出点儿什么东西来，这确实是一件困难重重，又难免让人羞涩的事情，对不对?

一百年以后，不会有人在纸上写信了吧。不过，我感觉，那种在深夜里，用大把大把纷繁复杂的语言书写，却不知道自己想表达什么，明明改了一次又一次，却还要犯下写错标点之类的错误，总觉得不够炫酷，情感却非常真实，这样的一种心情还是不会改变的吧。

现在，我在玻利维亚一个叫作乌尤尼的地方。

这是一座被纯白色的盐湖所包围的城市。海拔三千七百米。空气虽然稀薄，但清新透亮，水蓝色的天空中飘浮着朵朵圆滚滚的白云。这一带的盐湖，一遇上下雨天，雨后湖面便清澈见底，像一面明镜。镜中倒映出天空，天水一色，仿佛整个世界都成了天空。我在湖边的一家盐湖宾馆里，喝完一碗又咸又辣，还含有岩石般僵硬的面包以及香菜的汤之后，开始给你写这封信。

在这里，墙壁是用盐做的，走廊上也是盐，连沙发、床、椅子、花瓶都是盐做的。待上两天，恐怕任何人都会感觉自己被腌制了一番吧。就是在这种盐堆似的酒店里，我遇见了他。

他是一个阿根廷人。雪白的皮肤上浅茶色的雀斑格外显眼，瞳孔呈琥珀色。他说自己一直在这家酒店里画水彩画，已经在这里住了半年了。

他的画全部使用的是浅色调，看起来有些虚无缥缈，有种像被乳白色的滤镜所修饰过的美。我向他表达了我对这些画的喜爱，作为交换，我也把自己拍的照片拿给他看。你知道的，我拍的照片里面，世界都有一种云淡风轻的意境。他看到我的照片后十分欢喜，说跟他看到的世界相似。

于是，这个有着跟著名足球选手一样名字的男人，开始用他的一半西班牙语和一半英语，跟我聊起他喜欢的食物、小说、电影和音乐。他喜欢吃白身鱼，喝葡萄酒，喜欢读有时代感的侦探小说，喜欢看美国的新电影，睡觉之前，要听艾薇儿的歌。喜欢的颜色是白色和蓝色。看到阵雨就感觉兴奋。

这些东西中有些也是我喜欢的，有些跟我却完全不同。不过，他就像是想让这世界尽可能多的东西把我和他连在一起一样，不停地讲述着他喜爱的各种东西。

相遇后的第三天，他带我去了湖边。

新月之夜。满天的星空倒映在湖中，世界仿佛全部被星星覆盖了。他说，我会好好珍惜你的。我让他再多给我一点时间。天明之前，我们都在被星星环抱的世界里。

接下来第二天。我看着自己的身影在那倒映着天空的如明镜般的湖中，一直思考着。我恋上他了吗？我能爱他吗？

小时候，夏日的傍晚。我坐在阳台上，看着瓢泼大雨，就能在雨停之前的几分钟预测到它即将停止。啊，雨马上就要停啦。太阳要出来啦。每当我这样想的时候，雨总会停，金色的阳光总会从天空中照射下来。我可以非常准确地感觉到这一切。

在跟你恋爱的初期，我也是有这样的预感的。

对于那时候的我来说，你是比我还重要的人。我无比确信，只要跟你在一起，肯定所有的一切都能顺利。

因此，对我而言，那个四月，即便到今天也保留着朦胧的颜色，一直停留在我心中。朦朦胧胧，却永远存在。

我会再给你写信的。

伊予田春

• 四　月　女　友

• *April*

四月的她

小春挎着这个相机，

出现在藤代眼前时，

那是樱花凋落的花瓣刚从大街上消失的一个四月天。

绿灯亮了。

藤代对着十字路口对面涌来的黑色人流，按下了快门。

单反相机的快门键下沉的瞬间，耳旁响起“咔嚓”一声。他熟练地掰动拨轮，接连不断地拍了一张又一张。他身旁的小春，盯着十字路口上空飘来的积雨云出了神。人群埋首走在涩谷街道上，没人会留意到积雨云。小春却拿起相机对准积雨云“咔嚓”一声。

跟她那小小的个子不相称的大单反相机，看起来沉甸甸的机身上镶着一个大口径的黑色镜头。虽然，这相机已经有些陈旧，但依然可以看出来，相机的主人一直对它分外爱惜。小春挎着这个相机，出现在藤代眼前时，那是樱花凋落的花瓣刚从大街上消失的一个四月天。

穿过银杏树组成的长廊，便可看见一栋砖瓦搭建起来的老旧的教学楼。落语研究会、轻音乐部、校园祭执行委员会以及电影学社等各种团体的活动室鳞次栉比。在最尽头的角落里，那像闹市中的静地一般的地方，就是摄影部的房间。刚升入医学部大三的藤代，因为跟不上授课进度，早早地便逃到活动室来了。

傍晚后，先前喧闹不堪的社团活动室，现在也变得安静起来，只听见游戏机的嘟嘟声。已经留级两次的四年级学生小祖，躺在沙发上玩着电子游戏。游戏中勇者的列队像蛇一样，在黑暗的牢笼中穿梭。

看见藤代后，小祖打了声招呼，慢慢坐起身来，把沙发的一块空地让给藤代。藤代道了声谢，从整整齐齐地摆放着一排排旧漫画的书架上，取出一本读了起来。时间悄无声息地流淌着，夕阳光从临近天花板处的小窗户上照射过来，这时突然响起了敲门声。

“是新生吗？”

只见一个女孩悄悄推开房门，往房间里瞅。藤代赶忙搭话。女孩小声答道：“嗯。”社团招新的时期已过，今年收获的新社员只有两人。为了不错过这种主动找上门来的珍贵候选新人，藤代鼓足全身干劲儿，冲着女孩展示自己清爽的笑颜。一个笨重的大相机映入眼帘。像挂在女孩身上的护身符。

“业余单反相机呀？真大个儿。”

“我祖父传给我的……不过，特别重……”

她那晶莹剔透的脸庞中央的粉红小嘴微微地动了动。大大的瞳孔，小心翼翼地盯着这边。社团活动室中的灰尘，在傍晚阳光的照射下，像金粉一般在空中飞舞。

“看起来确实挺重的。”为了消除女孩的警戒心，藤代刻意放慢语速，并把放在桌上的新社员名录递给她，“首先，把你的名字和联系方式填在这里吧。”

她用纤细流畅的字体写下了自己的名字。光亮顺滑的黑发被剪到脖子处，刘海被打理得整整齐齐，身板虽小，但手脚却都很长，身上套着大一码的 T 恤，露出白色的手臂。她一边填写住址和电话号码，一边用小猫咪般胆怯的眼神朝这边望来。这也可以理解。毕竟一进房间，就只看到懒洋洋地躺在狭窄沙发上的两个男人。一个在打游戏，一个沉浸在搞笑漫画中，怎么看都跟摄影挂不上边。

“伊予田春小姐，请多指教。你是哪个专业的？”

见小春写完，藤代便问道。

“我是文学专业的。学长呢？”

“我是医学专业的藤代俊。”说着，藤代摊开手中的搞笑漫画，继续说，“虽然你看我是这不正经的样儿，不过我也是摄影部的副部长哟。你可能不敢相信吧。”

没有，没有。小春摇摇头。可能是紧张感终于破冰了，笑声回荡在六张榻榻米大小的狭小房间里。

“你是从什么时候开始玩摄影的呢？”

“从高二的时候开始，已经有两年多了。”

“我们社团的规定呢，是一般刚入社的社员都得跟前辈们一起上街去拍摄，然后在暗室里冲洗，大家都要经历这么一个学习的过程。”

“有暗室？太好了。我在老家的时候也有，我还一直担心到东京来之后怎么办呢。”

“你老家在哪里？”

“青森县。在本州岛的最北边。”

小春伸出食指往上指，雪白又纤细的手指像飞翔的蜻蜓。

“不错嘛，最北边。”

“其实就是个大农村。所以家里特宽敞，于是就把没用的房间拿来做暗室了。”

“现在，摄影部里使用胶卷相机的就只有我和小祖了……”

藤代朝一直死盯着游戏界面的小祖看去，界面上一条被蓝色火焰包裹的龙正在喷火。游戏键盘的声音此起彼伏。可能是因为勇者们的水平升级了吧，一瞬间龙就被打倒了，听到屏幕上传来热烈的欢呼声。小祖面无表情，完全看不出享受游戏的模样。

“他一直是那副样子……看来只有我来负责带领你了。”

藤代苦笑一番，便开始跟小春一一介绍。器材管理需要每个月征收五百日元；夏天会举办摄影社的合宿活动；社团的气氛比较轻松，严肃的社员比较少等。小春一边浏览贴满了一墙壁的社员们的照片，一边安安静静地听藤代介绍。

“你又知道怎么冲洗照片，看上去并没有什么是需要我特别教的，可能会觉得这里不够劲儿吧。”小春刚打开房门，准备离去时，藤代说。他心想，还是有必要向她道出实话。

“没关系。我是下了决心才到这里来的。”

小春回过头，正视藤代的眼睛，微笑着回答。

“你在青森的时候，拍些什么照片呢？”

在市中心街拍时，藤代对着在人堆里疑惑地捣鼓着照相机的小春问道。

尽管并非周末，而且还是白天，涩谷依旧人潮涌动。伫立在快餐店前，可以闻到里面飘出来的酱油和酱汁混合后的浓郁气味。小春从取景器旁抬起头来，回答道：“我一般拍一些物品和景色，自己身旁有的东西。我抱着相机晃悠了两年多的时间，最后都找不到可以拍的东西了……毕竟市里也没啥东西。”

“什么都没有的城市吗？”

“是的，真的是这样。没到了一定水平。”

街头的大屏幕上，金发的女歌手扭动腰身，翩翩起舞。煽情的嘴角特写在屏幕上，明明晃晃的电子合音在高楼大厦之间回荡。藤代在快餐店前的地上盘腿坐下，把镜头对准吃着巨无霸汉堡的少年们。

“东京这座城市里，不管是人还是物，都多不胜数，倒是不可能会出现没东西可拍的情况。”

不过，我却不能确定这些是不是我真正想要拍的东西。

“是吗？”小春把相机镜头朝向天空，按下快门。从高耸的写字楼与写字楼之间，可以看见透亮的蓝空。“这个天空比青森的要漂亮啊。”

“有吗？把青森的照片给我看看吧。”

藤代朝小春肩上那大大的双肩包看去。

“啊，现在吗？”

“嗯，现在。”藤代笑着回答。

“我没有特意学习过摄影，技术其实很糟糕的。”

小春慌慌张张地卸下肩上的包，伸手在包里一翻，拿出一本小小的相册。

在闹市区街道旁的护栏处，藤代坐下来，打开相册。

被埋在雪里的路标、在干枯的田野中搭建起来的便利店、雨中的木造小学校、孤独地矗立在街道前的旧面包房……全是一片色彩稀薄的景色。

“我的城市中很多东西逐渐消失了。小时候父母离了婚，各奔东西。朋友们，还有附近的小学校、经常光顾的面包房，也渐渐地都消失了。”

小春低声说。往来车辆的轰鸣声盖过她的声音，只听得见不清晰的只言片语。

“这是苹果的花吗？”

刚才安安静静地翻着相册的藤代，突然停下手，从照片中可以看到满屏的白花竞相开放。

“是的。高中三年级时，我一口气儿拍了很多花。”

小春侧眼看着相册说道。

真漂亮啊！藤代边翻相册边称赞。一张张白花的照片映入眼帘。

“这花是为那个人拍摄的。”

“那个人？”

“我家附近有一家照相馆，那是一家小规模的旧店铺。店主是一个老爷爷，总是一个人修相机。我小时候，他经常陪我玩。摄影技术就是他教我的。他不单会用相机，而且不管什么玩具或者手表他都能修好，简直像会魔法的人。可是，有一天他却病倒了。”

藤代的视线离开相册，转向小春。小春继续低着头说道：“被告知剩下的时间不多，老爷爷变得有些不知所措，他拒绝接受手术的治疗，就这样日复一日，坐在店前的长椅上。我每天都到照相馆去。老爷爷对我说：‘等我死了之后，你就把我忘了吧。’他边说边给我照相。‘你肯定会把我的脸庞、声音、走路姿态都忘记的。不过，这也没关系。我在这里跟相机相伴，与你交谈过的这些时间并不会因此消失。’”

小春的神色变了，看起来十分痛苦。藤代呆呆地盯着她。高楼上空掠过的直升机发出的轰鸣声从远处传来。藤代感到那么喧闹的涩谷街道，似乎也因她而变得宁静。

“从那以后，我每天都往苹果地里跑，对着那些花不停地拍。苹果花看起来朴素又不起眼，很容易就飞散，也不像樱花那样受众人喜爱。可是，我就是喜欢它。我想起老爷爷曾经告诉我的——苹果花虽然小，却努力地活着。一周后，苹果花开始飞落时，老爷爷就走了。我没能给他看到我的照片。”

“你肯定很想给他看吧。”

藤代又开始翻阅相册。

“不，这样就行了。我并没有打算把照片拿给老爷爷看。可是，却一直为他在拍照片。我童年时对老爷爷的感情，都保存在了这些照片里。”

突然，面前的二手服装店的大门打开了，里面传来hip hop 的音乐。跟着重低音的节奏，藤代继续翻相册，一张张白色苹果花的照片汇集起来，犹如洁白的雪地。

“……藤代学长，你想拍什么样的照片呢？”

音乐的间隙中，能隐约听到小春的声音。被这么突然一问，藤代有些愣住了。他往四周望去试图寻找自己想拍摄的东西。在远处街道的大屏幕上，两个金发碧眼的女歌手正扭腰摆臀。

路人的洪流正要涌过十字路口。

“我想拍人物写真，想从正面去拍摄人的面容。”

藤代看着小春说。今天是藤代第一次敢从正面看着小春的眼睛说话。

“人物写真确实难。我也很不擅长。”

小春回答道，她也看着藤代的眼睛。

“要拍好人物写真，必须要有想去了解这个人的欲望。可是，我就是提不起这个心。”

“欲望吗？”

“是啊。我可能是不想跟人深入接触吧。”

“这种心情，我感觉可以理解。”

“伊予田，那你以后想拍什么样的照片？”

小春看着取景器，一言不发。镜头对着经过她眼前的无数双脚。经过镜框中的那一双双脚，红底高跟鞋、荧光色的运动鞋、黑色皮靴、串季的凉拖鞋，看着这些形形色色的鞋子好一会儿后，小春才回答道：“拍不下来的东西吧。”

“拿着相机还说出这么不可思议的话。”藤代笑着说。“你说得是啊。”小春看着取景器说。她的侧脸露出不自然的微笑，漂亮的耳朵仿佛发热般变得红通通。

“下雨天的味道、大街上的热气、悲伤的音乐、欢快的声音、恋爱的感觉等，这些都是我想拍的。”

“确实是没法儿拍进照片里。”

“是的，可是，这些却又是真实存在的东西。我之所以拿着相机在路上走，就是想遇到这些虽然我可能拍不下来，但又确实美丽的东西。当它们出现时，我在那里，用相机记录一点儿我感觉到的东西。”

“这样子的东西我肯定拍不了。不过，我喜欢看这样的照片。”

“我会加油的。”小春从相机的取景器旁抬起头来，说完便用又白又纤细的手，轻轻地接过藤代递来的相册。

暗室里的墙壁被黑油漆草草粉刷过，安装在墙壁上的不锈钢洗水池反射着淡淡的光。在砖瓦房地下室的一间狭小暗室里待久了，人不知不觉对时间的感觉就变得模糊起来。小春翻转着泡在池中显影液中的相纸。三十秒、四十秒。藤代看看时钟。被红色的安全灯一照，相纸上微微地浮现出图像来——飘浮在红色天空中的红色积雨云。扑鼻的醋酸味，让脑袋都变得迷糊起来。

“还差一点点。”藤代从身后凑过来，跟小春打招呼。他身上带着一股犹如春天草地的味道。不知道是来自头发，还是脖子。小春有些惊讶，不觉把身子移开。相纸上的热气渐渐散去后，显影液中红色的积雨云渐渐地浮现出阴影。“还差一点点。”藤代又重复了一遍。小春却突然用钳子把照片夹了起来。“不，还没好呢。”仿佛听不见藤代的阻止声，小春径直将图像还模糊的相纸丢进定影液中冲洗。“会不会有点儿太早啦？”小春总算注意到藤代的声音，“嗯？”这才反应过来，小声地说了一声“对不起”，随即低下了头。

相纸风干要花两个小时的时间，两人就肩并肩地坐在沙发上等待。藤代开始翻阅笑掉大牙的搞笑漫画，小春则翻看德国摄影师的摄影集。两人都喜欢这段像等待实验结果出炉一般的时间。两个小时后，他们打开暗室门，从回形针上取下照片，放在光下一看就能知道这张照片是不是他们理想中的模样。

藤代从房间角落里那整洁有序的冰箱中拿出两罐乌龙茶，一罐递给小春。他在小春身旁坐下，正打算拉开易拉罐，却发现手指给套住了，打不开。房间里只有两个人，比平日冷清多了，可是藤代的额头却溢出汗来。总算是打开了易拉罐，为了掩饰刚刚的小尴尬，藤代赶紧把乌龙茶往嘴里灌。因为社团冰箱的温度一直设置在最低温度，藤代只感到冰冷过头的乌龙茶简直像一股透心凉滑过喉咙。

室外萨克斯、单簧管、长笛和双簧管的声音隐隐约约地传来。乐器演奏社团的成员们打破社团楼的规定，悄悄地在走廊里练习，可是谁也不去阻挠。

门开了，各种乐器混杂在一起的声音飘进屋来。“哟，宾得。”藤代举起手。穿着一件宾得社 T 恤，手持一个最新款单反相机的高个子男人走了进来。两年前，基本上每天穿着同样衣服来到这个房间的这个男人，是跟藤代一起入社的同期。藤代管他叫“宾得”，他稍微有些害羞，但也不觉难堪，便接受了这个外号。他正是这个闹山麻雀聚集的摄影部的部长。接下来，至少三十分钟得陪着他聊天了。

“伊予田，你在社团感觉怎么样？”

宾得挽起用英语写着“跨时代的名机、卓越的摄影技术”等文字的 T 恤袖子，开始吃刚从便利店买来的炸鸡便当。“我非常开心。”小春回答。接下来的时间里，宾得便热情洋溢地讲起了宾得相机的各种美妙之处。每当他讲到他的这个真爱之时，便像是爆米花机爆炸了一般，根本停不下来。等宾得讲到一个段落后，他问起在涩谷拍摄了什么照片，小春回答，他大幅度地点点头，给出“用你女性的眼光来拍摄出东京这座城市就 OK 了”这一句评论，又开始讲起他上个月拍失败的铁道照片，然后做了一句总结陈词——“拍出现在的你能拍出的照片就可以了”。整场对话中，小春说的话没超过十个字。

趁着说话的间隙，藤代把小春带回暗室，两人轻轻地从回形针上取下照片。洗印完毕的照片，颜色淡淡的，就是小春的风格。高楼大厦之间看见的云朵、参差不齐的阶梯、粉红色滤镜拍摄的电子看板、活蹦乱跳地走在路上的高中女生的背影……所有的一切都像被包裹在浅色的纱巾中一般的温柔世界。这就像是小时候恍恍惚惚曾经见过的街道风景一般。

藤代和小春回到社团房间里，宾得已经和另外的三位女社员一起围坐在里屋的桌子旁，边吃着各自买来的零食，边玩起了扑克牌。小祖依旧坐在沙发上，面无表情地玩着跟巨龙战斗的电子游戏。在这喧闹的房间一角，藤代小声地问小春："我非常喜欢你的相片。可是为什么所有的颜色都这么浅呢？可能是曝光时间太短？"

"我也不知道为什么。也不知道问题是出在照相的时候，还是在冲洗的时候。或者这两个时候都有。反正等我反应过来时每次都已经变成浅色了。"

"真是不可思议。"

"我自己也百思不得其解。不过……"

"不过？"

"有可能是我自己想弄成自己想看的景色。"

"自己想看的景色。"藤代低声重复。他向那贴满了照片的整个墙壁看去。除了布鲁斯·韦伯[1]、哈里·卡拉汉[2]、布勒松[3]、曼雷[4]等大师级的作品外，里面还夹杂着社员们自己拍摄的照片。在漫天飞舞的樱花中奔走的列车、整片的向日葵花田、被丢弃的三轮车和无人的泳池等，跨越了时间和空间的界限，世界变得宽广起来。

“我从来没有这样想过。你所说的想拍的景色，这样的景色我也不知道自己有没有。”

“肯定有的，只是你没有发现而已。”

“可能是吧。”

藤代翻阅那一张张还残留着醋酸味的小春的照片。都是那些被高楼大厦切割得“四分五裂”的天空。突然，一

---

[1] 布鲁斯·韦伯（Bruce Weber），1946 年出生在美国，全球最负盛名和最有影响力的摄影师。他的作品常出现在 *Vanity Fair*、*American Vogue*、*Interview*、*Italian Vogue* 和 *GQ* 等杂志上。

[2] 哈里·卡拉汉（Harry Callahan，1912—1999），20 世纪具有影响力的美国摄影家之一，自学成才。题材主要是家庭人像照片，还包括自然风景题材及城市风景照。这些为他赢得了“影像炼金术师”的美名。

[3] 亨利·卡蒂埃·布勒松（Henri Cartier-Bresson）是法国著名摄影家，他一生从事摄影半个多世纪，足迹遍及世界各地，拍摄了大量精彩照片。被誉为“当代世界摄影十杰之一”“人类喜剧的报道者”。

[4] 曼雷（Man Ray），达达主义的奠基人，先锋摄影大师，诗人，雕塑家，超现实主义电影的开创者。

张照片里出现了一个男人的脸庞。

没有聚焦的侧脸。在银色光线照射的地铁里，这个男人站在车门旁，脸上露出会心的微笑，看上去像孩子在唱歌。这是在什么时候照的？藤代内心泛起涟漪，耳边响起轰鸣。这是他自己也从未看见过的——自己的笑颜。

• 四　月　女　友

• *May*

五月的侧颜

你还有新的人生在等待着你。

遗忘能够催生前进的脚步。

在视野的一角，一个红色的身影跳动着。

小女孩拼命地跳起来，伸出手，想跟爸爸抬起的手击掌。可能才刚开始学会走路吧，小女孩没触到父亲的手掌，反而身子不稳，一下子摔倒在地，红色连衣裙裙角飞扬。欢快的笑声，在这像被漂白过的空间里回荡。

“好像完全消失了。”

刚才还在用纤细的手指翻弄着杂志的弥生，不知什么时候停下手来，注视着穿红色连衣裙的女孩。

“嗯？什么？”

藤代的眼睛从闪着蓝白光亮的智能手机上移过来。

“我们的爱情。”

弥生摊开杂志，用手指指着杂志文章上的标题。身着婚纱的新娘的照片上用粉红色写着几个字：“婚姻的现实。

我们的爱情去哪儿了？”

“这是什么意思？乱七八糟的。”

藤代边笑着边把视线又移回到手机屏幕上。上面是小海豚跟母亲一块儿游泳的照片。这则新闻报道的是在加拿大的水族馆里诞生了宽吻海豚[1]的消息。体长一百三十厘米，体重三十公斤。海豚的小宝宝对外界很敏感，生存率很低，所以对外界开放可能还要等上一阵子。

“别说什么结婚了，就是恋爱都觉得麻烦。又花金钱，又花时间，而且自己的节奏也要被打乱。也就是说，自己一个人过得轻松快乐就行了，这才是男人们心中的真实想法。”

弥生开玩笑似的读完整篇文章，像是要拷问藤代一般，直勾勾地盯着他。弥生的瞳孔呈浅茶色。在那长长的柔顺的鬈发间能看见白皙的脸庞。

“不过一个人挺寂寞的啊。”

---

[1] 宽吻海豚，主要分布在温带和热带，在靠近陆地的浅海地带活动，身体呈流线型。皮肤光滑无毛，体背面是发蓝的钢铁色和瓦灰色，额部有明显凸起。吻较长，嘴短小，嘴裂外形似乎总是在微笑，为中国二级保护动物。

藤代苦笑着回答。

“真的吗？”

“你觉得我在说假话？”

“结婚后两年一过，这种情感就会消失的。爱就转变成情了哟。”

读完最后一句话，弥生死死地盯着杂志封面。“这还真是没办法了呢。”藤代碎碎念道，注意力又回到了手机上，继续刷着屏幕，阅读在冰岛观测到日全食的新闻。接下来再看到太阳和月亮重合的样子，必须等一年后，在印度尼西亚看。可是，为什么现在自己没有小时候那样对日食感兴趣了呢？

“不过……最近确实好像没有过这样的感觉了。”

弥生一边噼里啪啦地翻动着杂志一边说。

“你说什么样的感觉？”

藤代盯着她的侧颜问。

“想着某人就感到心疼，嫉妒得睡不着，这样的感觉。”

确实是这样啊，藤代控制住想说出这句话的欲望。他斜眼望着弥生。这个裹着深蓝色时髦衬衫的男孩，目不转睛地注视着穿红色连衣裙的女孩子。收音机里传来了广播间隙播放的古典音乐。巴赫的 G 大调。在遥远的地方母亲抱起跌倒在地的女孩，整理好起卷的裙角。别闹啦，母亲的责怪声也格外温柔。对不起，都怪爸爸不好。父亲抚摸着女儿的头。

“让你们久等了。”头发上盘，身着黑色职业套装的女子在面前的座位上就座。可以从外套的边缘看到她那做工考究的白衬衫衣领。

“我带来了几个方案，请你们过目。”

“谢谢您。”弥生边说边收起杂志抬起头来。藤代也紧接着把手机放进亚麻布外套的口袋里，把视线转移到眼前的这位女性身上。只见她四十来岁。跟她完美的笑颜形成鲜明对比的，是她那双渗透了疲惫的双手，手上还有银色的戒指发出微弱的光芒。

“让我再确认一次您的姓名。新郎藤代俊先生，新娘坂本弥生小姐。没有错别字什么的吧？”

没有，弥生回答道，藤代也点点头。

大理石铺成的地板上，婚礼策划师们穿着同样的天鹅绒职业套装，脚步声像有韵律节拍一般，整齐划一。豪华的装饰吊灯，无数的婚纱礼服。高级酒店的婚礼沙龙里，一排排玻璃桌前，数对新人正在和策划师商量婚礼事宜。仰天怒放的百合花仿佛在宣示着：“你们这些人是幸福的。”

“冒昧问一下，两位是做什么工作的呢？”

“我是医生，她是兽医。”

“原来两位都是医生啊。那让我来为你们物色一个最好的婚礼方案。”

听着这轻飘飘的套话，藤代暗自苦笑。他不用看也能猜到，身旁的弥生也是同样的表情。

“你们的礼服选好了吗？”

“这个还没呢，正准备选。”

弥生回答。

“我们老是拖到最后一刻。”

藤代补充道。

“那新婚旅行也？”

“是的，目前还什么都没有。”

“我和她的假期总是凑不到一块儿。”

“虽然我也很想去逛一圈欧洲之类的。”

“如果能去的话，我想去一下夏威夷吧。”

两人的回答很有节奏和默契。弥生笑颜回答后，藤代就接着追诉或表示肯定。

礼服不选华丽丽的类型，而选朴素型。蛋糕也不是用来装饰的那种，而是大伙儿都可以共享的那种。摄影机是需要的，但是不需要摄像机。给父母读信的环节就省了，回礼是画册，邀请函使用同一个色调。他们的选择方式，与其说是由想要什么来决定，倒不如说是由不想要什么来决定的。两人没有过意见对立的情况。

婚礼策划师得体地点头示意，不时加入自己不同视角的意见，激发两人的共鸣，引导其说话方向。两人感到不愉快的东西、不喜欢的东西、丑陋的东西等，藤代和弥生共有的这种挫败感，都被策划师切实地捕捉到。

藤代想，这简直就像是医生在问诊啊。虽然对于新郎新娘来说，这是一生中只有一次的事情，但是对于策划师来说，这不过就是她成千上万个工作项目中的一项而已。不过，她依然能够让客户抱有自己是特殊存在的幻想。能做到这种程度，需要的不仅是换位思考、共情能力，还有完美的业务训练。

突然传来“哇！”的一声。原来是穿红色连衣裙的女孩正挽着弥生的胳膊，露出淘气的笑容。“吓死我啦！”弥生慢慢睁开眼睛。小姑娘笑得像绽开的花儿。“快回来！”一旁传来妈妈的呼唤声。藤代一看，女孩的父亲正饱含歉意地朝这边鞠躬。

“等得很累吧。”弥生摸摸小女孩的头，把咖啡配套的小饼干拿给女孩。女孩微微点点头，边叫着“妈妈”边跑回妈妈身旁去了。

“那边也是要办婚礼的人们吗？”

藤代看着那像玩具小熊一样被爸爸抱起来乖乖地坐在椅子上的小女孩，向婚礼策划师问道。

“是啊，最近很多人都是奉子成婚呢。”

她回答道，露出仿佛是肯定了一切的笑容。

“他们的婚礼肯定会又热闹又快乐吧。”

弥生笑着。

“是啊。”

藤代接着说。

“那么你们想预定的日程，还是明年的四月份，这个保持不变吧？”

婚礼策划师问完了最后一个问题。

“是的，那一切就拜托你了。”藤代和弥生异口同声说完，鞠了个躬。

不知不觉间背景音乐已经由G大调变成了帕赫贝尔的卡农。像追赶着小提琴的声音一般，扬琴那干涩的音色在白色的房间里回荡。

“四月的话，在我们酒店里就能看见盛开的樱花，到时候肯定会感觉很棒的。”

婚礼策划师最后又展露了一次她那完美的笑颜。

“我在站台上等列车。身体感觉挺沉重，不知怎的心情也不晴朗。回过神来，我已经开始奔跑起来，正往楼梯上跑去。登上从反方向的月台上驶来的列车。我该去向何方？坐在摇摇晃晃的公交车上，来到海边，漫无目的地四处闲逛。为什么我会来到这里？在这雨雪纷纷的海边，我遇见了那蓝色头发的女人。我没想到她竟然是自己曾经最深爱的人。”

藤代和弥生坐在黑色皮革的沙发上看电视。由一位以不少音乐录音带而闻名于世的法国导演拍摄的，这部与众不同的恋爱电影，是弥生从影像店租来的。为什么人们都喜欢沙滩？电影里，一双蓝色的眼睛注视着大海的那个男孩感叹道。为什么人们都喜欢沙滩？明明只是细小的石子颗粒组成体而已。

窗外，东京的街道成放射状展开。这里是市中心高层建筑的二十八楼。房间里摆放着统一刷成黑色且刚好满足生活需求的家具。沙发和桌子由藤代准备好，电灯和椅子则是弥生买来的。桌子上摆放着从附近商业街的花店里买来的向日葵。只有这花给房间带来些许明亮的色彩。

“喵！”一只猫跳上藤代的膝盖。黑色、白色和灰色，三色和谐混搭的小猫咪。三年前，两人一起租这个房间时，跟着一块儿来的。

“新生了五只小猫仔，你要来看看吗？”

藤代和弥生受他们共同的一个当兽医的朋友邀请去看猫咪，由此两人相遇了。听朋友说的时候是五只，可是去了才发现只有一只幼崽。最后的一只小猫咪，用大大的瞳孔小心翼翼地望着他们。朋友说：“其他的小猫咪都被人要走啦。”藤代和弥生都是不怎么主动的人，于是就只好选择接受了这最后剩下的猫咪。现在想起来，其实是完全中了友人的“圈套”。原本就安排好的是四个人来接手小猫咪们，也就是说，友人从一开始就设计好了让藤代和弥生收养最后剩下的一只小猫。

为什么前面那些人没有选择这只猫咪？理由非常简单。这只猫咪认生，不容易跟人亲近。起初，这只小猫咪连碰都不让人碰一下。可是，偏偏在看电影的时候，它会跑来坐在人的膝盖上。藤代给这只认生又喜欢看电影的猫咪，取名叫“伍迪·艾伦”，弥生笑着同意了。

“对了，来了一封信。”

藤代一边看着电影里那来回踱步的蓝眼睛男子，一边说道。

“信？”

弥生看着藤代，一手端着白葡萄酒，一手抓着米莫雷特芝士。

“我以前的女朋友寄来的。”

“是吗？”弥生的回应听不出她到底对这个话题感不感兴趣。

“大学时候的女朋友。”

藤代目不转睛地盯着电视画面继续说。

“是你的第几任女朋友？”

“应该算是初恋女友吧。虽然高中的时候也有牵过手的女友。”

“对她来说呢？”

“我是第一个男友。”

“原来你曾经是那么淳朴的大学生啊。”

“现在也没啥变化。”

“哪里没变化？”

弥生笑了笑，喝光了葡萄酒。发现弥生的酒杯空了，藤代从沙发上站起身来，看了看小酒窖，拿起红葡萄酒的酒瓶，见弥生微微地点了点头，就快步回到了沙发旁。电影画面中，男人正在接过从医疗公司寄来的通知书。通知书上写着过去的恋人抹去了关于他的所有记忆。为什么要抹去与我的记忆？我们明明那么相爱！这位一直以来活跃在喜剧领域的大明星上演了一场情感爆棚的感情戏。他心中的悲伤，把荒唐无稽的故事变得让人容易接受。

“她好像是在乌尤尼。”

“啊，那个盐湖之城。”

“对，湖面像一面镜子一样的地方。”

“是在秘鲁吗？”

“错啦，是在玻利维亚。她说在那里遇到阿根廷人跟她告白。”

酒瓶软木被撬开发出微弱的声响，藤代缓慢地往弥生的杯子里倒入红酒。

“很好啊。那她怎么了呢？”

弥生怀着谢意点点头，接过酒杯。

“她就没写那么多了。”

“真可惜。”

弥生笑了笑。那多少带些沙哑的声音跟电影里的原声带音乐重合。

你还有新的人生在等待着你。医生对这个蓝眼睛的男人温柔地说。遗忘能够催生前进的脚步。相片、书籍、写生簿、雪花球、马克杯。男人把应该消去的那些与前女友的回忆通通汇集起来。你把我抹去了，那么我也决定将你从我的世界里抹去。

“我这边最近有点烦。”

弥生叹了一口气。

“怎么了？”

藤代的视线依旧死死地盯着电影。

“有一个养贵宾犬的年轻女白领，最近心理状况有点儿不好。”

“这种会影响到宠物吗？”

“肯定多少有点儿。于是，贵宾犬也跟着身体不舒服，开始用牙齿拔自己脚上的毛。好像基本上没有带它出去散过步。”

“确实可怜。”

“我跟她说，虽然是小型犬，但它毕竟是狗狗，还是带它出去散步吧。可是她却不听，还说狗狗就喜欢跟她一起待在屋里。”

蓝眼睛的男人看着曾经的自己。突然电影变成快镜头，各种事物穿插其中，记忆开始被删去。男人大脑中的空间一片混乱，简直像是杂乱不堪的小孩子的房间。一边看着这奇妙的画面，藤代一边问：“这种时候，你怎么处理？”

“我通常会不厌其烦地去说服对方。可是，如果宠物的主人不听我的，我也无计可施。”

“是吧。”

“是的，我们兽医的客户毕竟不是宠物，是宠物的主人啊。”

消除你之后，我好开心！电影中的男人叫嚷着。男人没能满足女人想要生孩子的期望。饭桌上互相没有语言的两个人很是可怜。可是，两人的回忆，却越寻思越觉得美丽。钻进被窝里聊彼此童年的时光，互相告白的日子，是那么动人。相遇的日子是那么令人怀恋。

“之前你说过吧。”

看着拥吻在一起的蓝眼睛男人和蓝头发女人，藤代一个人低声说。

“什么？”

“你说动物没有复杂的恋爱情感。”

“是啊，生物学上是这么说的。”

“那它们也不会吃醋什么的咯。”

伍迪·艾伦从藤代的膝盖上跳下来，爬到弥生的大腿上。她边抚摸着这只蜷缩成抱枕般的小猫边说道：“养了这只小猫后，我有些时候也在想，动物可能也有忌妒的情绪吧。”

“原来兽医也会这样想啊。”

“不过还是治疗动物身体疾病的医生轻松，精神科之类的医生简直是捉摸不透。”

弥生冲藤代笑了笑，一手继续抚摸着伍迪·艾伦的额头。

“这里就有一个让人捉摸不透的人。”藤代苦笑着，继续说，“很有趣的一点是，只有人这种动物会考虑别人的感受，可以因为别人的事情而感到愉快或悲伤。不过，我感觉最近人也越来越跟猫狗一副德行了。”

“确实，大家都只考虑自己，都觉得自己啥都不得了。”

幸福藏在纯洁的心灵里。忘却就是原谅。在太阳光芒的指导下，没有阴影的转折推动命运的齿轮。电影中响起亚历山大·蒲柏的诗歌。藤代看看窗外。从敞开的窗户外吹来温暖的风，带着淡淡的潮水味。向四方发散出去的光芒，仿佛像四处林立的高楼大厦。这些孤独的光线像是好不容易支撑起了整栋高楼大厦。

“不过，那些能找到把对方看得比自己还重要的人是幸福的。”

藤代喝完了杯里剩下的一点儿酒。头脑中闪现出在乌尤尼天空下如明镜般的湖边，小春一个人站立的身影。

她为什么要去那里？为什么会突然写信来？她想告诉我什么？

“那婚礼策划会场里的人肯定把这种稀有的邂逅揽入囊中了吧。”

弥生也紧接着喝完了杯中的酒。

“什么嘛，你这种说法也是旁观者思维了。”藤代抱怨道。弥生则笑笑说：“当然我也是这样的人之一。”

电影开始播放片尾字幕后，弥生安静地站起身来，开始收拾起垫着厚玻璃垫板的餐桌。藤代开始在水槽洗碗。弥生按下按钮，收音机里响起钢琴声。没吃完的奶酪、装着长条面包的 Health Ceramics 的大盘子、Riedel[1] 的红酒杯及香槟杯、纤细的银色刀叉，处处都是有品质的生活用品。

同居三年了。彼此对事物的解读，双方都很了解。交流也一直不多不少，恰到好处。相处起来并无违和感。这

[1] 奥地利醴铎（Riedel）是著名的酒杯和醒酒器（Decanter）专业制造商，被誉为“酒杯里的劳斯莱斯”。

可能就是男女之间最理想的状态了吧。

“藤代君，那个……”

从厕所出来的弥生问道。

“什么？”

藤代叼着牙刷回答。

“以前跟你商量过的，就是换沙发那件事情。”

“咦？我们说过换沙发的事情吗？”

“说过。你当时完全没听我说话。”

“是吗？”

“你老是这样子。”

“不过也是，你老是唠叨同一些事情。”

“是你不听我讲，我才唠叨的呀。你不明白吗？”

“对不起哟！”藤代笑着擦擦嘴。弥生在身旁用肥皂洗手，洗漱间里弥漫着草本的香味。

“不过说起来……”回到卧室，藤代刚打开电灯开关，就听到弥生的声音，“为什么她会突然给你寄信来？”

“我也不知道……”

“那先睡了吧。”弥生的声音让藤代回过神来，他点点头，关了灯。在黑漆漆的房间里，东京高楼大厦发出的光照亮她的侧颜。这个单调的一百九十米高度的世界中仿佛听到这样一个声音：“信，还会来吗？”可是，却看不见表情。不，并不是看不见，而是不明白。藤代意识到。

记忆很快就要消失了。蓝色头发的女人说。可是，我却一直爱着你！蓝色眼睛的男人喊道。想起刚才看的那部电影中的场景。冬日的大海。在沙滩边奔跑玩耍的两人。我们下次再来这个海边相见！在即将消失的记忆中两人许下这样的约定。

在那之后两人怎么样了？藤代试着回想刚才的最后一个情景，可是却怎么也想不起来。

藤代和弥生分别进入不同的房间，在各自的床上睡去。

两人在将近两年的时间里，没有过性生活。

四月女友

June

六月的妹妹

与小春坠入爱河的那一瞬间，藤代记得非常清楚。
像那样心中小鹿乱撞的瞬间，即便以后活得再久，
恐怕也不会再有了吧。

白色聚光灯点亮了舞台的中央。在纤细的灯光之中，消瘦的白人男歌手正闭着眼深情歌唱。木吉他、贝斯、架子鼓、弦乐的四重奏。乐队的成员们，伴随歌声演奏着。在此起彼伏的美妙钢琴曲中，那天外来客般的异国语言，听起来宛如小鸟的鸣叫。

“那是冰岛语哟。”

大岛凑近小春耳旁说，随即又正了一下黑框眼镜。

“冰岛？”

小春伸了一个懒腰，凑到大岛的耳边。为了能压过乐队的演奏声，大岛特地大声地说：“对。就是那个很多火山和冰河的国家。这个乐队组合的名字也叫冰岛语。”

“怪不得我不会读呢。”

宾得从一旁插话。今天他还是一如既往地穿着那件写着“一代名机”的 T 恤衫。

“这冰岛语是什么意思呢？”

站在大伙儿身后的藤代也凑到跟前来，问大岛。

“在冰岛语中的意思是‘胜利的蔷薇’。”

他回答道，露出少年般的微笑。

大岛的头发是亮丽的灰色，其间还夹着些许白发。

据说，八年前大学毕业的他，曾经很喜欢用莱卡的胶卷相机。

可是，藤代却一次也没有见到过大岛使用莱卡。大岛一般左肩稍微往下倾，弓着背走路，从很远的地方都能立刻认出他来。灰色的发丝，加上一副童颜，让他看起来犹如来自西洋的少年。

他的登场从来都很唐突。总是没有固定的时间，很多社员都很好奇，他到底过着怎样的生活，问他时，他总会这样回答：“我生活很简单的。啥都别安排，这样的话，时间就全都可以由我自行支配了。”

他涉猎的领域不单是照片，还有电影、小说、音乐等知识，但好像却没有在大学以外的地方找到自己的用场。

明明自己是一个认生的人，可是却容易感到寂寞。虽然都成人了，但是内心还是住着一个孩子。他这种潇洒自在又朦胧混沌的感觉，吸引了很多社员。他一来，总有一群学弟学妹会聚拢过来。

社团活动室的墙壁上挂着极光的照片。那张在夜空中飘扬的翡翠色窗帘的照片，是大岛学生时代里去冰岛旅行时拍摄的。“据说冰岛上有妖精。冰岛人们与火山、冰河，还有妖精们住在一起。”大岛一脸严肃地说。社团成员们则嘻嘻哈哈笑成一片，却也似乎带着一丝认真劲儿在听。

“大家可以去听这个冰岛乐队的演唱。”

这个建议是大岛上周发起的。跟往常一样，依旧是突如其来的提议。他说，在湾岸的演播厅里要举行冰岛乐队的来日公演。他们的这张专辑是个杰作。小春说她想去，藤代和宾得也表示感兴趣。于是大岛就组织大家一起，于是四个人就这样齐刷刷地来到了演奏厅。

站在一行人最后面的藤代，他的眼前是数百人组成的人群。人影像流动的波浪，跟着黑暗中被灯光点亮的“胜利的蔷薇”的演奏而摇摆着。从演奏开始的瞬间，藤代就感觉胸口憋闷得难受。那种在感情波动之前一定会到来的痛苦。身体记得有这样的反应。正如自己所预感的那样，随着演奏的进行，渐渐地温柔又温暖的东西取代了痛苦流进心房。不知不觉间，打动了藤代的心。藤代看向一旁的小春，她的双眼早已饱含泪水。

“与其说是被音乐所吸引，倒不如说是被这个歌手，以及他所看到的世界所吸引了。小春，你什么时候也能去冰岛看看就好了。”

看着正用手指拭擦泪水的小春，大岛说。

小春点点头，脖子上那个笨重的照相机跟着晃动了一下。

“摄影也是同样的道理。”大岛的视线转移到摄影机上，继续说，“被照片所吸引，其实也就是被照相的这个摄影师的内心所吸引。”

声嘶力竭的假声传来。藤代脸上的表情依旧，但目光却专心致志地注视着小春。只见她睁开大大的瞳孔盯着舞台。四重奏的演奏渐进高潮，歌声随之冲上高空，听起来仿佛在呜咽一般。

照射舞台的灯光突然向观众席射过来，人群仿佛瞬间变成了人面相。逆光中，藤代眯着眼睛。只见小春灰色的瞳孔在发光，身体像被冻住了一般无法动弹，浑身鼓足了劲儿像是在拼命忍耐着什么。大岛笑着，胡乱地撩了撩小春的头发。“没事儿的。”大岛安慰道。小春像冰块融化了一般，一次又一次地点头。浅色的幸福世界，仿佛这里只能有两个人进入。

七彩灯光在一圈一圈地打转。走出演唱会场，只见耸立在眼前的观览车放射出粗犷的光芒。演唱会的余音似乎还在身体里萦绕，这时候看着这样的光，似乎感觉自己进入了科幻电影的世界中。

“我们一起去吃饭吧！”

藤代一行人正准备混入人流里，只听宾得大声喊道。

“这附近没什么吃饭的地方，我们乘车去涩谷吧。”

藤代没有食欲，想回家了。小春也像有什么心事，一直低着头。

宾得好像没有注意到小春的样子，继续吆喝起来：“快赶紧上车！临海专线在这边！这边哟！”

“我……”

小春突然出声。

“怎么啦？”

宾得用傻乎乎的声音问道。

“我去拍点照片再回来。平日里没怎么来过海边，我也想练习一下怎么拍夜景。”

小春看看观览车继续说。

“啊？别这样嘛，去吃饭吧！海边什么的，随时都可以来嘛。对吧？大岛。”

宾得还不肯放弃。

走在前面的大岛转过头来，估摸着犹豫了片刻，看了看藤代和小春。

小春也用渴求得到肯定的目光望着大岛。瞬间，四目相对。宣告九点钟到来的音乐在海岸边响起。

“那藤代君……”大岛的目光转向藤代，“就拜托你陪小春去一趟吧，毕竟你是她的担当。”

“好的，我明白了。”藤代小声应答。“真不好意思。”小春低下头。“啊，这样啊。”自讨没趣的宾得的背影缩成了一个圆团。

大岛看了一眼三人的样子，突然大声地笑出来：“哈哈，真羡慕啊！”说完把手架在宾得肩头，长长的手臂挽着宾得的脖子说：“怎么啦，跟我两个人单独吃饭不满意吗？”

“没这回事儿哟！我巴不得跟前辈你单独喝酒呢！”

宾得鼓起干劲儿说。

“好，那就这么定了，今晚就我们俩男的一起喝个痛快。”

大岛爽快地说完后，沿着海风吹拂的宁静街道朝车站走去。小春一直注视着左肩有些下垂的大岛的背影渐行渐远。

漆黑的大海对岸，东京的街道像飘浮在空中般绽放着光芒。

小春把相机架在海边孤零零的邮箱上，按下了快门。谁会在这里投递信件呢？藤代还在思考的这几秒钟的时间里，就听见缓慢按下快门的声音。

“没问题吗？不去喝酒。”

小春一边把相机从邮筒上拿起来，一边问藤代。

“没事儿。”藤代凑近取景器瞧，可能是在这黑漆漆的海边拍的照片都有些聚焦不清吧，“如果能把夜景练好，那么拍烟花肯定也能拍好了。”

“是啊，马上就到夏天了啊。”

“对了，你喜欢烟花吗？”

“嗯，我想今年夏天多拍点儿。”

“真巧啊。我也是这样想的。”

“藤代你喜欢什么样的烟花呢？”

小春径直望着对岸的夜景。人工海的那头听不到海浪的声响。

“我可能比较喜欢纯色的烟花。”

“纯色？”

“是的。比如说红色的线香烟花，或者是黄色的手持烟花，再或者是白色的冲天烟花，这些没有混杂其他颜色的烟花。”

“纯色的烟花，确实不错。”

“小春你呢？”

“我……喜欢从远处看到的烟花。”

“什么叫作‘从远处看到的烟花’？”

“这个解释起来有点儿复杂。”说着小春看了一眼时间。“现在过去的话可能刚刚好。藤代，你想一起看吗？”

小春话音刚落，就突然往单轨列车的方向跑去：“也许刚好能赶上！”

藤代的大脑还没反应过来，双脚就已经开始去追小春。稀稀疏疏的街灯点亮小春小小的身影，在一暗一明中，小春的身影仿佛一会儿闪现一会儿又消失。从黑暗的海边到小树林，再穿过小树林，就看见了被一排荧光灯点亮的单轨列车站。被眼前绚烂的灯光一刺激，藤代不由得眯起眼。他们迅速跑上台阶，气息急促，脚心也变得热起来。穿过自动检票口，钻进了迎面飞奔而来的列车。“赶上了。”小春边咳嗽着边坐到浅蓝色的座位上。藤代扶着摇摇晃晃的电车，在小春身旁坐下。列车高速的轰鸣声回响在耳畔。小春到底想去哪里呢？藤代感到脑袋里一片混乱，同时又觉得好笑得想笑出声来。不知道多少年没像这样全力奔跑了。

车厢里只有他们两个人。被擦拭得一尘不染的窗户上，倒映出藤代和小春并排坐的身影。沿着黑黝黝的海岸，列车像在滑行般前进。列车是自动运行。看着对面的大海像星河般的夜景，人会有一种乘着银河铁道旅行的感觉。

“在哪儿有过季的烟花大会啊？”

总算是缓过气来后，藤代问道。

“马上就到了。”小春回答道，依旧目不转睛地盯着黑夜中的大海。“这是为什么？”电车在缓慢地转弯。窗外，更加宽广的海面映入眼帘。原来他们已经来到了外海。

“终于赶上了。”

小春嘀咕着。同一瞬间，列车窗外可以看见对岸升起的细微烟花。仿佛在遥远的大海彼岸有小生命在欢呼，绽放后又消失在夜空里。似乎这世界上所有的声音都随之而去。

“藤代，我喜欢你。”

小春看着藤代。在她那大大的瞳孔里，藤代可以看见自己的脸。刚才自己想告诉她的事情，却被她“捷足先登”了。藤代感觉喉咙变得干燥难耐，硬生生地挤出声来，回答道：“我也喜欢小春。”

这一瞬间，一滴泪珠从小春的眼睛里夺眶而出。她说，这是她第一次有这样的感觉，这样的感觉该怎么告诉藤代，自己一直为此不知所措，烦恼不已。可是，现在总算是传达出去了，自己感到非常幸福，说着说着就笑了起来。有些颤抖的笑声在仅有两人搭乘的这列电车里回荡。散发着热烈光芒的瞳孔，仿佛在高声宣告着：“此刻，我活在这里！”藤代满脑子的热情往上涌。心中仿佛一下子被一股刚才那“胜利的蔷薇”的音乐一般柔软又温暖的东西包围，眼眶里充满了泪水。

两人就这样继续安安静静地观看对岸的烟花。

爱情这种东西就跟感冒一样。每次恋爱，藤代都会有这样的感觉。

不知什么时候，爱情就降临到身边。就像感冒病毒在不知不觉之间就侵入身体，还未察觉就已经开始发起烧来。可是，跟小春在一起却不一样。与小春坠入爱河的那一瞬间，藤代记得非常清楚。像那样心中小鹿乱撞的瞬间，即便以后活得再久，恐怕也不会再有了吧。

对于小春来说，藤代是她的第一个男友。

从那天起，她就再也喝不下自己曾经超级爱喝的咖啡了。突然一下子就喝不下了。看也不行，闻到味道也不能行，所有关于咖啡的一切，她都接受不了了。

“一喜欢上谁，就会失去另一个自己喜欢的东西。”

在大学背后的一家老旧的咖啡馆里，小春喝着不得已而点的奶茶，说道。在这家装修沉稳的咖啡馆里，放着跟店内风格不匹配的华丽摇滚[1]的音乐。

藤代边笑着，边毫无顾虑地继续喝着咖啡。色彩明亮的深蓝色咖啡杯。店长说这是丹麦制造的古董。

“以前的电影里有过这样的场景吧。能跟人对话的黑猫，自从喜欢上母猫之后，就不能开口说话了。”

“确实有。动画电影对吧？”

“对，我小时候看的，当时受到了很大的刺激。”

“不过，喜欢的东西的总量从一开始就固定了的人，比起那些喜欢的东西的总量不断增加的人来说，也许更加幸福。”藤代半开玩笑地说。

“是吗？”小春有些不悦地应答一声，随后就把相机对准了藤代的咖啡。

接下来发生了什么？接下来小春就对着藤代的咖啡一直拍。就像是要报仇似的，小春拍个不停，最后藤代也只

[1] 华丽摇滚（Glam Rock）是硬摇滚的一个分支，是摇滚乐和流行音乐的一个流派，特点是性别模糊的装扮、华丽戏剧化的台风和颓废慵懒的音乐风格。代表人物包括英国的大卫·鲍伊、皇后乐队等。

好放弃了咖啡。结果就变成两人坐在咖啡厅里，但是藤代喝的是柠檬茶，小春喝的是奶茶。

两人互相拍照，然后把各自拍的照片冲洗出来，放进信封里相互赠予。被搁置在路边的雨伞、湿漉漉的下水道、日本象棋盘、大提琴、落语家、小小的道口等，藤代一个劲儿地把自己喜欢的东西拍下来给小春看，心想自己喜欢的东西，小春也能喜欢就好了，哪怕多喜欢一个也行。

“我想把自己觉得美丽的东西传递给你。”小春说，“两种不同的东西相互交融的一瞬间。”小春总是这么说。黑暗的天空中飘浮的橘黄色云朵、在耀眼的海滨沙滩上掉落的深色人影、空无一人的游戏中心、边哭边笑的孩子、雨后在十字路口处出现的阳光……无论是人，还是景，还是时间、色彩、声音等这些“两种不同的东西相互交融的一瞬间”，小春都把它们记录在浅色的世界之中。

小春常常拍藤代的脸。大部分的照片，都是在藤代没有意识到时拍下的。在那浅色的世界中，藤代总是在笑，每一张都是他自己从来没有见到过的笑颜。

藤代依旧不从正面拍摄人物写真。不过，他可以拍摄睡在自己身边的小春的面容了。从取景器中去观察熟睡的小春，藤代感到心中有些痛苦。他发现自己深深地爱着小春。藤代把小春的照片原封不动地冲洗出来。可是，冲洗出来后却感觉跟自己从取景器中看到的脸完全不一样，于是便不给小春看，而是自己偷偷地放进抽屉里。

天空灰蒙蒙的，阴沉沉的，几粒雨滴把窗户打湿了。快速电车一列一列地迅速穿过小小的车站。藤代望着一排排滑过车窗的高楼。不时擦肩而过的电车，给灰色的街道带去一条橙黄色的线条。在车辆的一端，被湿气弄湿的玻璃窗旁，背着书包的小学生们正用手指画圆圈和四方形。

"我们要离婚了。"

母亲突然打来电话，很淡定地告诉了藤代自己要离婚的消息。

一直以来在家中分居生活的父亲和母亲，两个人的关系应该是冰冷到根本不需要离婚来解决问题了。原本以为这种状态会一直持续下去，可是，离婚的消息却冷不防地到来，真是让人感到意外的结局。

藤代的父亲在东京郊外的一个小街坊里开诊所，当内科医生。他是一个知性的、受当地人们欢迎的人。然而，他对人却没有那么热情。我感觉，他像是在心里有一种对人近乎绝望的情感。他总是只说必要的话，从不多言，迎合的笑容还是有的，但是笑容里却感觉不到爱。对于家人，他也是如此。在藤代的记忆里没有跟父亲接触的回忆，也不见他与母亲有过肢体的接触。藤代只能认为这是因为父亲对于跟人交心这件事不感兴趣。

回到老家，藤代推开玻璃门。曾经富丽堂皇的这个家，现在看起来不过也就是个老旧的小窝而已。老猫跑来迎接藤代。紧跟着猫的脚步，母亲从卧室里探出头来。想必一定因为离婚的事正在沮丧中吧，藤代想。可是母亲的脸上看起来却意外地舒畅自在，让人想起傍晚雷阵雨之后晴朗的天空。与此同时，仿佛可以看到她心中某个最中心的东西似乎已经脱落了。

藤代坐在饭厅的餐桌旁，一边喝着母亲为他倒的红茶，一边听母亲讲话。离婚是母亲做出的决定，跟父亲就这件事情进行了很长时间的交流，上周末提交了离婚申请，她觉得什么都没跟孩子商量就自己决定而感到对孩子有些愧疚。

就像是为了弥补那个从母亲无名指上取下的戒指，花纹的桌布上放着装满藤代最爱的巧克力的玻璃盘。那是藤代小时候最爱吃的东西。肯定是母亲为了今天的谈话而特意准备的吧？但藤代却没有食欲。

藤代躺在小床上望着天花板，这里是他大学前一直居住的房间。虽然，感觉自己很快就能睡过去，但是眼睛却异常地精神。墙上贴着水星、金星、地球、火星、木星、土星、天王星、海王星、冥王星、太阳系的海报。为了看星星而特意买的望远镜，现在跑哪儿去了？在堆满图鉴和文库本的书架上的一角，还放着小时候跟父亲和母亲三人一块儿的照片。那是小学时，藤代跟家人一起去游乐园时拍摄的照片。照片中的父亲手持红色的气球欢快地笑着。

“别看他这个样子，曾经他还是一个很重感情的人呢。”母亲边看着茶杯边说，“可能是跟太多人接触的过程中，渐渐地不知道该怎样跟人相处了吧。”

藤代应声点点头，但心里却并不同意母亲的这个见解。也就是说，在藤代看来，父亲是一个天生就缺少温情的人。生来就缺少温情的人只有一段时间会努力地去爱别人。他渐渐发现自己也有这个特点后，自己都感到恐怖，不知不觉间不管是对自己还是对别人就不再抱有期待。并没有其他特别的目标的藤代，跟父亲一样选择进入医学部。虽然跟上了父亲的步调，但是却无法传递出自己对父亲的感情。藤代心想，什么时候连自己也会变成那种无法爱别人的人吧，慢慢地就连关心人、思念人这样的情感也会消失吧。

“我还是没法放弃被人爱与爱人的人生。”最后，母亲笑着说，“我的人生还有二十年要活呢。”

深夜回家的父亲难得喝得这么醉，丢下一句“抱歉”，就回到自己房间里去了。

第二天早上，藤代一回到公寓，就看到小春站在公寓外。

清晨的太阳被云朵遮住后的阴暗天空下，小春一个人坐在空荡荡的水泥路边。乌鸦和麻雀在干瘪瘪地合唱。

所有的事情都传达到了。没有需要担心的地方。该发生的事情，只是在该发生的时候发生了而已。等我回去之后就跟你联系，你快睡吧。前一日，藤代这样对小春说。

看到藤代的脸的那一瞬间，小春的眼睛就湿润了。相机对准藤代，小春按下了快门。

“希望以后再也不会看见藤代悲伤的脸。”

“我只是有点累了。”藤代扬起嘴角勉强回答。藤代还是没法儿做出与心情相悖的笑脸。小春目不转睛地盯着他。

“啊，啊……我没有老家了。以后过年该去哪里过？”

就像是为了逃避小春的目光，藤代叹息时身体不禁颤抖了一下。这一瞬间，被小春紧紧地抱住。

“我会一直在你身边。”小春在藤代耳边深情地说道。她颤抖着肩膀，像是在呻吟般地说：“我会一直陪在藤代的身边。”

“别比我哭得还快啊。”藤代微微笑道，心中仿佛被填满。自己可曾被这样紧紧地拥抱过？正面表达自己爱意的小春。藤代感到自己总是被她这样的灵魂所拯救。

恋爱与感冒相似。

感冒病毒总是在不经意之间侵入身体，反应过来的时候身体已经开始发热。可是，随着时间的流逝，这个热度会逐渐降低。总有一天，你会突然觉得那发热的日子都像是梦境一般不可思议。遇到谁你都想躲得远远的，这一瞬间总会来临。

那个时候小春说：“我会永远和藤代在一起。”那个时候没有怀疑地重复着这句话。

可是，藤代和小春之间的爱情应该也不是例外。

从无袖衫里露出白皙又有肉感的手臂。

“姐姐，终于要结婚啦。”

纯刚吃完芝麻菜沙拉，就开始自言自语起来。她把亮黑色的头发别在耳后，耳垂上可以看到闪闪放光的钻石耳环。

“婚期是明年的四月份，虽然还很早，但是要做的事情还很多……”

弥生一边扯着长条面包一边回答。长条面包是刚烤好的，还很热乎。

“姐姐，怎么听你这说法，我感觉你像是把结婚当成工作了似的。”

纯笑了笑，她的声音稚嫩，嘴唇湿润又有光泽，还有像孩子般瞬息变化的表情。跟比自己年长四岁的姐姐极其相似的茶色瞳孔，镶嵌在她深深的双眼皮下。身体比姐姐更白皙丰满，包裹在有质感的柔软丝绸连衣裙里，还可以看到她丰满的胸部轮廓。

这是她平日里饮食生活带来的成果呢，还是生来就有的体格呢？藤代一边想一边盯着她瞧。

梅雨季节里的一个晴朗的周日。藤代和弥生来到为筹备婚礼饮食而准备的试食会。餐厅的窗外是昨夜被雨淋湿了的新绿组成的水灵灵的世界。露天座椅的地方身着西装的两个黑人男子正围坐在一个衣着亮丽连衣裙的年轻女子身旁用餐。三人好像都已经有些醉了，大笑的声音不时从窗外传来。

因为婚礼策划师说试食会可以四个人参加，通常都会邀请双方的父母，但弥生却提议邀请自己的妹妹纯和妹夫松尾。藤代和弥生都不太喜欢跟父母一起用餐。

“虽然婚礼的地点定下来了，但是其他的都还没有着落。老是跟藤代君找不到切合的时间。”

弥生边喝着刚填满的白葡萄酒边说。

“因为我们都过着不规律的生活。我总想弥生帮我定了就好。”

藤代轻轻地触碰了一下端来的盘子。温度刚好，热度缓缓地传到手上。服务员报菜名：“这是干蒸舌鲷。”

“你总是马上就这么说。”弥生露出明显的不耐烦的表情，“男人的那种觉得自己不懂，就凡事都交给别人的态度，真让人头疼。看起来是尊重他人，其实不过是想自己偷懒罢了。”

“比起嘴巴唠叨不停好些吧？”

“你觉得反正怎样都行，对吧。”

“我没这样觉得。”

藤代边笑边看身旁的弥生。她偏着脑袋嘀咕：“他总是这么不正经。”仔细一看，她的刘海比之前短了一点。对了，说起来，她早上问过我如果把刘海剪短怎么样。那时候我是怎么回答的来着？好像是我刚洗完澡，正用吹风机吹头发的时候。恐怕当时回应了她几句自己的想法，但是记忆已经有些模糊了，藤代心想。

“能一起帮着决定这样就够了，哥哥人真体贴。像松尾这样的，完全没有讲究，总是惹我生气。”

纯一边用餐刀捣鼓舌鲷，一边说。锋利的银色餐刀很顺畅地插进舌鲷柔软的肉里。

“纯，虽然你这么说，其实你什么都不知道啊。婚纱呀，花束呀，不管你跟他说什么，他都回答，我没这方面的品位，然后就甩手不干了。”

大家都喝着套餐搭配的白葡萄酒，只有松尾一个人，继续喝着啤酒。

在公立高中当数学老师的松尾穿着一件皱巴巴的灰色夹克衫，一看就是便宜货的白色T恤，不是这个季节搭的领带。银色的细杆眼镜上有些水雾。藤代与他认识以来，从来没有看见过这副眼镜。

“刚才那个换胃口的果子露冰激凌，感觉怎么样？”

弥生好像想起了今天的目的，问道。

“唉，就那样儿呗。说起来，我们就没有吃到过哪种换胃口的东西是不怪的。”

藤代回答得漫不经心。即便说了，菜单也不会有太大的变化。

“话说回来，我们真的需要换胃口的东西吗？”

“嗯，就像是个仪式而已嘛。”

“不过，我可不想随便给我端来个像薄荷刨冰这样的东西。”

“姐姐，你还是老样子，这么挑剔。”

纯苦笑着。

“我是一个味痴。吃什么都觉得好吃。”

松尾不用餐刀光用叉子在捯饬舌鲷，说道。

“松尾老师，最近的高中生们怎么样？”

藤代把话题抛给松尾。他发现试吃会开始后，基本上没有任何关于松尾的话题。

“现在的高中生真是太厉害啦。他们自我意识都非常强，对自己的学习能力、外表、性格，还有在整个班级里的职务等，都自我分析了解得一清二楚。”

“我也遇到过高中生病人，他们对自己问题的认知简直令人吃惊。我在读高中的时候，基本上啥都不知道。”

“不过，高中老师真的是很辛苦。”纯实在忍不住了，从一旁插话进来，“除了上课以外，行政活动、课外活动等各种各样的事情，忙得不可开交。而且工资还很低，我都不敢辞掉零工。”

据弥生说，纯一边在人才派遣公司做行政，一边还做着零工。

“肯定是纯在铺张浪费吧，她从前就是动不动就要买东西。”弥生带着责备的腔调说。

“没这种事儿。姐姐太喜欢说笑了。”纯笑道。白色丰盈的脖子上戴着一串白蝶贝组成的四叶草项链。

试吃会花了两个小时的时间才到了甜点这个环节。

从小型餐前点心开始，到芝麻菜沙拉，到最后的螃蟹汤、烧比目鱼、短角牛排等，在不经意间就轻松展示自己个性的法式料理。参加婚宴的人预定有八十人。这是一份能保证满足其最大公约数的菜单。饭后甜点可以从两种类型中选择：熔岩巧克力或者水果蛋挞。

“啊，我一个都不想吃。松尾，我们各交换一半吧。”

纯撒娇说道。松尾犹豫片刻该怎么切才好，接着把自己餐盘里的熔岩巧克力蛋糕切了一刀，中间就流出浓郁的巧克力酱来。“这是什么？都化了。”松尾慌张起来。“这东西，就是这样的。”纯笑道。用食指把松尾黏在手上的巧克力酱抹掉放进自己嘴里，腼腆地笑着瞟了一眼藤代。

“尽做些幼稚的事情。”弥生眉宇间挤出皱纹。

“真是的，对不起。”

松尾两手各持刀叉，低下了头。一旁的纯也做出同样的动作。

藤代继续喝杯子里剩下的红酒。露天座位上，两个黑人男子和白人女子还在边拍手边笑。这姿态像极了舞台剧。

“对了，说起来……”突然，纯看着弥生的脸，“姐姐，你打算要小孩吗？”

“怎么突然问这个？”

“不，我是在想既然你们要结婚了，可能也在考虑这方面的事情吧。”

“这些事情还没考虑呢。你呢？”

弥生回望纯的眼睛。两双淡茶色的瞳孔对视着。

“姐姐，你明明对我的事情不感兴趣嘛！”

她的声音虽然在笑，但是脸上却没有表情。

“可是，你不是已经结婚三年了吗？”

弥生淡定地继续说。

“真是烦人啊。不要提这些了嘛。”

纯的表情不变，看向藤代。

藤代赶紧说：“弥生，现在不是说这个的时候吧？这个熔岩巧克力蛋糕很好吃哟。这个水果蛋挞也可以弄点儿来试试。”

“纯，你之前不是说想赶快要孩子吗？”

弥生还是不停口。她把水果蛋挞切成两半，盛到藤代的盘里。

“松尾现在工作上正处在关键时期，而且，如果生活上没点儿闲余的话，也不好生小孩吧。”

纯沉默一阵后，看看松尾小声说道。在纯的催促下，松尾也微微地点点头。

好像是为了缓解现场的气氛，婚礼策划师端来了咖啡。微苦的香味在四人之间飘荡。露天座位上白人女性的笑声更大了，听起来简直像野生动物的嚎叫。

藤代吃了一口水果蛋挞，心想这太甜了，点心可能得考虑别的选项。藤代看看斜对面的松尾。

松尾的眼睛一直盯着盘子上那缓慢流淌开去的巧克力酱一动不动。

结婚三年了，现在纯还是用姓称呼丈夫。

吃完一套下酒菜后，寿司拼盘端了上来。

纯虽然说自己不善喝酒，但还是喝了很多。这已经是第五杯宫城日本酒了。藤代的视野开始缓慢摇晃。

周日的夜晚，藤代和纯肩并肩坐在吧台上。藤代身旁喝得有点红润的纯，用手抓起蘸了酱油的红肉寿司。她的指甲被涂成了淡淡的粉红色。“好吃！”

纯自言自语，藤代侧眼看着她闭着眼睛尽情享用美食的样子。她穿着能够明显看出胸部线条的白色针织衫，米色的短裙下可以窥见带有肉感的大腿。肌肤白皙得仿佛可以看到青筋。

前几日的试吃会上，她没有穿这样能够突显身体线条的衣服，今天却非常明显地穿了可以强调身材的一身。细小的左手小指上，戴着镶嵌了一圈钻石的戒指，无名指上的结婚戒指颜色有些暗淡。银色的手表是爱马仕的，漆皮高跟鞋是克里斯提·鲁布托的。

藤代想起松尾的模样：皱巴巴的灰色夹克配穷酸的衬衫，从三年前开始就一成不变的银色眼镜。眼镜的镜片总是朦朦胧胧。怎么看，都不像是跟纯般配的老公。

前几日，纯说她没法儿不打零工。生活上没有闲余，所以不敢生孩子。可是，她的衣服、妆容、配饰，这些全部都价格不菲。看起来并不像是以她自己是否喜欢为标准，而是以男人是否需求为标准而挑选出来的高端商品。光亮的长发，今天还整齐地盘了起来。白皙的脖子散发出轻微的香味，是茉莉花的甜甜的味道。藤代感到身体内部缓慢地涌起一种难以抗拒的渴望。

“纯好像有事找你商量。”

试吃会的那天夜里，弥生对坐在沙发上看新闻节目的藤代说。

“她好像为一些事情在烦恼。关于夫妻关系这些问题，想跟你两个人谈谈。你在医院的时候，肯定也会有病人跟你谈这些吧。”

“是，不能说没有。但是，跟她两个人单独一起，还是有点不妥吧。”

藤代跟纯两人一起吃饭，藤代本能地感觉到了危险。电视上，新闻主播正在播报美国国务长官骑自行车时遇到交通事故，骨折了。

“我如果去的话，有事情她肯定也不好意思问吧。姐妹之间还是很微妙的。没关系，我不介意的。你去请她吃点儿什么好吃的。”

没等藤代回答，弥生就走进了自己的卧室。电视里，新闻主播播报的内容变成了人工智能的自我学习能力得到了发展，对程序员开始有了愤怒的情感。

“哥哥，你跟我姐姐有性生活吗？”

纯突然问。他们不再说话只是继续默默地吃鱼，换到秋田日本酒后，这都喝了第八杯了。藤代感觉视野有些晃动，听到的传进耳朵里来的声音全部慢了八拍。

虽然，纯应该喝了同样的量，但她依然面不改色，手持酒杯。店里只剩下藤代和纯，店主也留意到气氛，回避到店后台里去。可能是因为在这个吧台前，见惯了男女之间的勾搭了吧。

“怎么说呢，还是跟平常那样。”

藤代把酒杯送到嘴边。

“哦。”纯微笑着，“这么回答好无趣哟。”纯把手穿过藤代的手腕，握住他的手背。

藤代的手上出了一些微汗。纯柔软的胸顶到了藤代的上胳膊。有一种野兽的味道和茉莉花的香味混合的感觉，刺激着藤代的鼻孔。

“小纯，你呢？”

“什么？”

纯调皮地笑。

“嗯，这个嘛……”

藤代迎合着纯的期待，装作一副苦恼的样子。

“我都四年没有做爱了。”

纯摇晃着装满透明液体的玻璃杯。

“可是，你是三年前结婚的，对吧？”

藤代感到这是比他想象中还要严重的状态。

“我自己也没有整理好自己的思绪。我从最初的地方开始讲吧，好吗？”

“当然。”

“我跟他是在大学二年级相遇的。那时候我是教育专业的学生，松尾是研究生。两年时间，什么都没有发生。可是，好像他先喜欢上了我。之后，我被男友劈腿，狠心抛弃，这个时期跟他交了很多心，不知不觉间，他绕着弯跟我告了白，我们就这样开始交往了。不过，性生活也只有半年的时间，结婚前的一年左右就没有了。”

“为什么还是想跟他走到一起呢？”

“因为他的声音很好听。那种我想一直听下去的声音。跟他在一起时不觉得累，还有就是他很讲情义吧。”

“很讲情义？”

“他虽然工作能力不是很强，才能并不是很突出，但是他对父母很孝顺，他借给朋友钱，朋友就拿着钱逃跑了。

大概有一百万吧。身边的朋友都边哭边同情他，或者愤怒地四处找人。但是松尾却笑着说，那家伙真是个搞笑的人啊，然后就让这事儿过去了。我感觉他这种重情义的样子简直可以说是才能。可能我就是在这个时候觉得跟这个人在一起还不错的吧。”

“可是，没有性生活了。”

藤代轻轻挪开纯的手，端起杯子，把剩下的半杯酒喝干。

“嗯。”

纯用空开的手端起装了日本酒的酒壶，往藤代的玻璃杯里添酒。那深深的双眼皮里淡茶色的瞳孔晃动着，有些湿润。酒从玻璃杯中溢出来，弄湿了丝柏制的吧台。藤代的心跳开始加快，耳朵像是被篮球碰撞了一般，感觉有声音在鸣叫。贴在手臂上的胸部的触感，还有那甜甜的野兽香。一种早已忘却许久的感觉，开始在藤代的下半身蔓延。

“这种状态下结婚，你没有觉得不情愿吗？”

“那时候，我在潜意识里觉得，要过一辈子的话，比起收入和才能这些条件类的东西，还有更重要的东西存在。决定结婚时，他也刚开始在高中教书，也没有存款。为了举办婚礼，我们俩就拼命地工作，拼命地存钱……所以，婚礼那天真的非常开心。对对。婚礼的最后，他还给我准备了一个惊喜——求婚。他说‘之前一直没能正式跟你求婚……纯，你嫁给我吧’这样的话。我不经意哭了出来，松尾也跟着哭了。那时真心觉得我们非常幸福。”

吧台处依旧是两人独处的空间。一排排细竹筷、深银色的菜刀、擦得亮晶晶的铜水壶。通过丝柏的隔板可以看到吧台里被整理得秩序井然的工作间。店员们都在里面吧。连机器的声音都听不见。纯把刚才被藤代挪开的手，再次伸向了藤代的手背。又白又长的手指，缠入藤代的手指间。

“那时，我想起松尾第一次在我面前哭的时候。那是跟他第一次做爱，我坐到他身上时，他突然哭了起来。他说，虽然还没到高潮，但是从来没有人让他这么舒服过。他就像孩子一样哗啦啦地哭了起来。我的心，酸溜溜的，觉得他好可怜，好可爱。我拍拍他，紧紧地抱住他。我当时就想，我必须得一直陪在他身边啊。”

“想这么多，还能做爱啊。”

“他真的是一个非常善良的人哦。不过，刚开始交往时，我们就已经像家人一般了。松尾也是，本来就没什么性欲，结果我也没有把他当作男性看待过。就连那回我们的第一次性爱也不例外。”

纯呢喃着，闭上眼睛。终于，对话中出现了沉默。这时，仿佛就是在等待这个时间点一样，店长探出了头来。藤代点了两杯热茶，然后叫结账。“谢谢您的惠顾。”店主就像讲完了长篇故事的落语家一样鞠躬送客。

出租车沿着高速公路向前开。

纯挽着藤代的手臂，头贴在他的肩膀上。各自都看着左右两边窗外的景色，因此看不到对方的表情。藤代往纯的方向看去，只见从她搭在膝盖上的浅蓝色披肩下方，有那白花花的大腿。那之前规规矩矩地端坐着的双腿间，现在可以塞下一个拳头。藤代更明显地感觉到她丰满的胸部，只觉得自己的心跳更快了。下半身承受的疼痛，现在就像麻醉了一般贯穿全身，把冷静的思考弄模糊了。高速公路两侧并排的橙黄色街灯的光亮跳进车内，又跳了出去。每当这时，夹在纯腋下的米色皮包上的金拉链就闪出一丝光亮。

“我必须道歉。”

纯说，双眼依旧望着窗外。

“为什么要道歉？”

藤代问。他的喉咙深处已经发干，声音变得有些沙哑。

“刚才我说四年没有性生活，那是骗你的。”

“骗我的？”

“确实跟松尾没有过。”

纯抬起靠在藤代肩上的脸，朝藤代靠近，浅茶色的瞳孔直逼眼前。藤代不禁避开她的目光。纯的身体靠得更近了，两人的膝盖碰到一起。

“除了松尾以外，我还有性伴侣。多的时候大概五人吧。现在稍微少了一些，只有三个。愿意跟我做超色情的事情的人、我喜欢的长相的人、非常有钱的人，还有有点儿变态的人。我会根据自己当时的心情进行调换，三天左右做一次。其中还有那种每次会给我五万日元或十万日元的人。我其实不在乎钱，要不要都无所谓，但是也不好拒绝人家，所以只要给我，我就收着。这样对方心里也舒服，这样就行了。”

看到藤代哑口无言的样子，纯微笑了，用手指缠绕着藤代的手指。藤代看着自己倒映在车窗上的脸庞，跟边做爱边哭泣的松尾的模样仿佛重合在一起。

“跟你说谎了，我感到很抱歉。不过，我们也是彼此彼此。”

“什么叫彼此彼此？”

“哥哥，你也撒谎了，对吧？”

“什么？”

“你跟姐姐没有性生活了吧？”

被说中了，藤代一时发不出声来。想要辩解，“没那回事儿”的声音怎么也发不出来。

“啊，原来是真的。”

纯高兴地笑了。“我跟你说，不是你想的那样。”本该这么说，可藤代也只是笑了笑。不知道是不是精神科医生的自尊心，最后的最后，他都想保持冷静。也许是这一点也被看穿了吧，纯那湿润的嘴唇向藤代的耳边逼近。

“可以跟我做哟。当然，不能告诉姐姐。是我想做的，所以，不怪哥哥你。”

所有的话听起来都像是片假名。藤代像试图要逃跑般望向窗外。高楼大厦之间，出现如幻影般耸立的东京塔，并不是往常那样在晃眼的灯光中绚丽的红色光景。而是所有的灯光都熄灭了，像那屹立在夜晚的大楼之间，在黑暗中彷徨的庞大怪兽一般。

• 四 月 女 友

• *July*

七月的布拉格

爱上某人的这种感情，

现在想起来，

我才明白它真的是一瞬间的事情。

三个月没给你写信了。

这次，我从捷克的布拉格写信给你。

我所在的街道的中心位置，有一个从六百年前就开始转动的时钟。

我居住在一个山坡上的小民宿里。从这里往坡下走，路过布满了名人塑像的长桥，穿过像迷宫一般的街道，在尽头处有一个巨大的天文时钟。

那写了文字弥补的刻盘可以告诉我现在的时间和捷克曾经的时间，以及这一天里日出日落的时间。现在和过去，整个宇宙融合在一个时钟里的模样，我把它们记录在一张张照片里。

在布拉格的街道中心，看到那犹如活物般变换着姿态的天文时钟，我不由得按下了快门。那时候，我还不知道自己到底想拍什么。可是，在不断拍摄的过程中，逐渐地我感觉到了自己的真实情感，我想拍的不是“时钟”，而是“时间”。

我跟捷克时钟工匠们度过了一整天，现在回到下榻的民宿。有个生长在布拉格的三十二岁青年人，他比我的肌肤还要白，有深棕色的眼睛，我跟他相遇的地方就是天文时钟前。

也许是对每天都通过取景器看时钟的我产生了好奇，好奇我为什么会每天拍同样的照片，这个捷克青年上前来用英语跟我搭话。见我的回答含糊不清，他就跟我讲，他自己在修理这个时钟的事情；他的父亲、祖父、曾祖父都是钟匠的事情；这个时钟一直都在修理的事情；还有从曾祖父那一代开始，大家都是驼背和高度近视的事情。他腼腆地提了提自己那镶着厚镜片的圆框眼镜。

我接受了他的邀请，和他一起进入了一栋木造的建筑物内。

他说，这是他在这座城市里最喜欢的地方。这是一个所有墙壁都被书堆遮盖住的扇形图书馆。我和他决定各自寻找自己喜爱的书。我找到一本专门拍水平线的日本摄影家的作品集。他找到了一本传奇法国收藏家的自传，我们彼此交换。

晚上，我们在他说的他从小吃到大的一家意大利餐厅吃了晚餐。进入这家红色屋顶的店，胖嘟嘟的店主就满脸堆欢地迎了上来。我们一边喝着隔壁酿酒厂寄过来的刚酿制好的手工精酿啤酒，一边吃着自家做的生火腿，还有加了新鲜西红柿和水牛奶酪的卡普里风味沙拉。途中，店主又拿着红酒来加入我们，大家最后一起吃完了用番茄酱和橄榄油巧妙搅拌的蛤蜊意大利面。

这家餐厅也是跟他家一样，从曾祖父的时代就开始了传承。这个时钟匠非常陶醉地吃完了这一餐。他说："我和店长都是家里第四代传人，我们曾是小学同学。"我瞪圆了眼睛，从这店长的长相上看，我以为他比钟表男子要年长得多。他看见我惊讶的表情，笑着说："看吧，她也很吃惊，你能不能稍微减减肥呀。"店长也跟着笑起来，仿佛一副心满意足的样子，摸了摸他自己那圆滚滚的肚子。

我们走出店外，走在被黄色街灯照亮的石板街道上，我想起了你，藤代。这个男人跟藤代完全不同，可我一边说话，一边却不知为何想起了藤代。

说起与藤代相遇的回忆，那是在藤代常玩游戏的活动室里，还有在那又窄又有刺鼻的显像液味道的暗室里。午餐在学校食堂里吃狸荞面，一起在狭窄的单人间的公寓里休息。你和这个男人分明有着天壤之别。

爱上某人的这种感情，现在想起来，我才明白它真的是一瞬间的事情。

那时的我，以为它会永远持续下去。那时的我，是那么幼稚又毫无防备。

可是，我感觉那时的我比现在的我，活得更有力量，更有好多倍的力量。

那时的我，想知道有关自己喜欢的人的所有事情。那个人现在在哪里，做着什么事情，读着什么书，吃着什么食物，穿着什么衣服，我通通都想知道。

真切地希望自己可以确认。自己是爱人的，也是被爱着的。

那时候的那种清冽的情感，我现在想起来都感慨万千。

与藤代的分离来得非常突然。

我无法忘记九年前那天发生的事情。从那天开始，我一直在思考这个问题。为什么我们会分手?

藤代，你还记得吗?

我们摄影部一起去的短途旅行。为了拍大海，大家一起住在海边破烂不堪的小旅馆里。那时，我刚跟你交往才一个月。

那时我们还瞒着摄影部的成员们呢。因为觉得很不好意思，进进出出都特意错开时间。二人在大家面前凑到一起时总是突然就默不作声，这样一来就更奇怪了，为此还经常被你取笑。

那时我多么想大声叫出来:“藤代，我喜欢你！”然而，却没能跟任何人说出口。那时的我，肯定不想跟任何人分享我们俩的特别时间。想把当下感觉到的幸福，作为两人仅有的宝物。

然而，秘密还是没能瞒下去。

我们乘坐的巴士在通过山道的瞬间，我突然不由得兴奋起来，叫出了声："藤代，快看，是大海！"展现在眼前的那片蓝青色的大海，让人不禁忘我。

我这样突然直呼学长的名字，大家都大吃一惊，盯着我。其中的几个人好像很早以前就发觉我们有点奇怪，现在总算抓到了证据的样子，满脸笑嘻嘻的表情。就连最木讷的宾得，都紧接着说："你们俩真可疑。"

最后，大岛代替大家问出了口："藤代和小春在交往吗？"我和你都埋着头，想瞒过去，可是，在一旁一直安安静静坐着的小祖却大幅度地点头，仿佛在说："我很早就看出来了。"看到他这副样子，我们只好束手就擒。

接下来，巴士里就变成了过节的气氛。

什么时候开始交往的？第一次约会在哪里？喜欢对方的哪些地方？已经接吻了吗？一个个问题接二连三地袭来，让人喘不过气。我跟藤代，一会儿回答问题，一会儿一边敷衍，一边大笑。大家都在欢笑声中一阵闹腾。

这时候，大岛前辈满面欢喜地看着我们俩。他喝了最喜欢的苹果酒汽水，唱了一会儿歌，给我们送出了祝福。我还是头一次看见手持相机的大岛前辈。莱卡的业余相机。他左肩挎着相机带，捣鼓相机的样子，仿佛是从外国回来的摄影师。他凑得很近，拍摄大家的脸庞。虽然，把照片洗出来后，发现对焦和曝光都乱七八糟，不过大家的笑脸却都非常漂亮。

一阵节庆般欢腾后，巴士中终于恢复了平静，只听见睡觉的打鼾声传来。巴士沿着海边公路一直往前行。旅馆在半岛的最前端，距离到达目的地还需要很长时间。太阳西下，阳光照射在海面上，泛起金灿灿的光。在大家都熟睡的巴士最后一排，我和藤代肩并肩坐着，目不转睛地盯着金黄色的大海。

你还记得吗？那时，你轻轻地握住了我的手。我还清楚地记得，藤代的手非常热，还略微有些颤抖。我的手也因为紧张和喜悦微微发颤。

那天夜里，我就像修学旅行归来的中学生那样，没法儿入眠，一个人冲出旅馆，去海边散步。夜晚的大海像流淌的墨汁，黑漆漆一片，拍打沙滩的海浪声比白天更奔放响亮。波浪的间隙，可以恍惚听到有人在轻声歌唱。我朝着歌声的方向走去，看见大岛一人坐在沙滩上，望着大海，弹奏着尤克里里。

我悄悄在他身旁坐下。原来他唱着一首节奏舒缓的英文歌。听着他的歌声，那咆哮的海浪声不知不觉间也变得温柔起来。

大岛唱完后，我询问了他歌曲的名称。

大岛告诉我，这首歌叫作“四月女友”，是Simon & Garfunkel（西蒙和加芬克尔）的曲子。我爱上了四月里到来的她。可是，她的心却离我渐行渐远，最终离我而去。即便如此，我还是无法忘记那时的心情。

大岛说，他想知道我的故乡，想让我告诉他我小时候喜欢的东西。

老家旁边的旧照相馆、在空处拔地而起的苹果树、车站前面包店里的豆沙包、远处可见的被雪覆盖的大山。我一边回忆自己从青森出生到现在喜欢过的东西，一边告诉大岛。突然发现，任何一样东西都像藤代那样，既柔软又温和。

我感觉，大岛前辈总是能理解我的心情。连我自己都没有意识到的心底的那些真正想法，他都能轻轻地提醒我。

他漫不经心地走进活动室，成为大家话题的中心，然后不知什么时候又消失不见。他总是听我们讲话，却从未讲过自己的事情。我对他的事情一无所知。为什么他会一直跟我们在一起。我问，他才开始说，开头先告诉我，他并不擅长讲自己的事情。

他大学毕业后在一家大型出版社做文化杂志类的编辑。但是五年前的一个冬日早晨，突然就起不了身了，没法儿去上班。

“从那以后，我就只能自己照顾自己了。”

大岛笑着说：“我用一年的储蓄来维系生活，往返在便利店和家之间，最后被以往经常去的二手书店给拯救了。就这样一直在那里工作，跟大学三年级时开始且一直交往的银行女职员结了婚，一晃三年就过了……所有的一切都放弃后，时间就变成我自己的了。”说完这句他的口头禅后，大岛就又开始边谈边唱起来。他唱得很陶醉，歌声连恭维时都无法说好听，可是，犹如一个陪伴在身边的暖心存在，听着听着仿佛眼泪就要流出来。

“怎么了，为什么一副要哭的样子？”他问我。我回答道：“感觉心里不安。我有些时候会感到非常不安，不知道自己对于藤代来说是否他所需要的存在。”

“这个世界上没有不需要的东西哟。路边的石头、夜空闪耀的星星都是一样。”

大岛说。这是意大利一部老电影中的台词。走绳索的艺人对孤独的少女小丑所说的话。

我默默地点点头。大岛又开始唱起歌来。

眼前的大海依旧还是那么漆黑，但那天夜里，海浪的声音却变得温柔了。

写了这么多，就到这里吧。

寄一张时钟的照片给你。

现在的时间和过去捷克的时间。两个时间重叠的照片。

伊予田春

藤代走在一排排砖瓦建造的旧建筑之间。尽管还是清晨，空气已经又热又湿，夹克外套里的衬衫已经被背上的汗水弄湿了。经过大学校园，再穿过一个小树林，就看到了医院。从正门玄关旁的员工入口进入后，可以看到刚搭建好的崭新的外科大楼，旁边还有并排的内科大楼。医院开门前，楼道里空空荡荡的，在荧光灯的照射下，闪着白色的光，天花板上的空调发出轰隆隆的声音，吞吐着冷气。医院大楼里实在太冷，背上的汗水一下子没了气焰，藤代不禁瑟瑟发抖。

他一边在心里想，怎么老开得这么冷啊，一边加快脚步往前走。大楼里只听见皮鞋踏在地板上发出的脚步声。两个身着白大褂的中年男子肩并肩地从对面走了过来。是内科医生吧。藤代想。他们这段时间一直比其他科的医生早到，是不是最近刚上任的科室主任的新要求啊？

过了一会儿，藤代走过铺着白色地板的大厅，就看到里面那栋老旧的住院部。入口的金属板上写着“精神科”。从藤代大学毕业在附属医院开始工作的时候起，就只有这一栋医院的大楼没经过改造还保留着瓦片时代的印记。

藤代打卡后，房门随即打开。他在更衣室换下藏青色的外套，穿上熨得整整齐齐的白大褂，进入旁边的诊室。简单的铁制办公桌上放着白色微软笔记本电脑，同种类型的黑色圆珠笔摆放了四支。墙壁上没有海报和图片，只有单色调的朴素窗帘。这是一个简洁朴素，没有多余信息的房间。房间里，藤代的后辈奈奈医师正在整理病人们的病历卡。早上，藤代一般都比其他的医师来得早，但是她比藤代还要更早。每次都是藤代被她迎接。

“早上好。我已经看过中午之前的病例了，我把它们放在这里。”

奈奈长手长脚，鹅蛋脸看起来精致小巧。可能是因为她一年到头都不化妆吧，她的肌肤像陶器一般白皙平滑，伸懒腰的样子像芭蕾舞女演员。从跟她同期入职的医师那里听说，她在医学院就读期间还经常在大街上被星探搭讪。

“早。今天也要辛苦你了哟。”

藤代边看病例边说道。一如既往，从早上开始，来看心理问题的患者就排起了长龙。

“今天，桑原要来。”

“他又要来说什么啊……”

“我想他只要好好吃药，病情应该是稳定的呀。”

奈奈的声音小而清脆，说完她露出略带紧张的表情。

有个叫作桑原的患者一年前在这里就医，他二十出头，患有境界型人格障碍。一眼看起来是一个普通的好青年，但无论是在家庭还是学校里他都容易情绪化，与人的关系无法稳定，不定期地需要到精神科来就医。他曾不问青红皂白地否定医师们的话。“他们把我当傻瓜。”他一直这样说，也不听人劝告，于是不停地换着医院就诊。

几年前，这个人终于在郊外的医院安定了下来。是一个刚出护士培训学校不久的新人护士改变了他。这个护士对桑原这位她最初的患者尽心尽力，耐心地倾听他那些漫天跑火车的话。可能是被她的献身精神感动了吧，渐渐地桑原开始接受治疗。在她的面前，桑原也变得能老老实实听医师讲话了。

可是，半年后，这个护士却突然产生了抑郁症状，最后不得不离开了医院。

同事问她理由，她说是受不了护士长在背后说她坏话。“在我面前的时候，护士长总是表扬我，可是在背后她却四处宣传，说我工作速度慢，脑袋笨，动不动就得意忘形什么的。我已经无法信任护士长了。”她边哭边说。

听到这番话的护士长受到了打击。因为护士长从来没有背地里说过她的坏话。不仅如此，护士长比其他人更关爱这位工作热心的妹子。后来，进一步找旁人问下去，护士长发现原来这个年轻的护士竟然在背地里常常说医师们和护士长的坏话。

就这样在真相还被疑团重重包围的状态下，护士离开了医院。几个月后出人意料的真相浮出了水面。

原因在于桑原。原来他对这个对他百般呵护的护士各种洗脑，说“护士长说你的工作速度慢，让人头疼”“护士长小声说你脑袋笨，但是自己没意识”等。每次来到医院，桑原都要跟她打招呼，然后说些家长里短的话来逗笑，之后就小心翼翼地低声跟她讲这些“所谓的事实”，然后再加上一句“说实话，我也觉得很吃惊”这样看似站在护士这一边的话。

另一方面又在医师和护士们这边宣传“她在说你们这些同事的坏话”。就这样，在桑原谎话的挑拨中，医院的人际关系崩溃了。最后，他被这家医院赶了出来，送到了藤代这里。

“上次啊，桑原先生跟我说，说你喜欢我。”藤代边看病例边苦笑道，“还说医生，你不知道吧，她一直暗恋着你呢。”

“他也跟我说了。”奈奈没有跟着一起苦笑，而是继续淡定地说，“他说你一个人在那儿嘀咕，说要怎么邀约我才好呢，找不到什么契机呀。”

“他还是老样子。唉，不过，这也不是什么坏事。他每次说谎时，都是他在乎这个人的时候。说明，我们俩都挺招他喜欢呢。”

“他是想要掌控自己喜欢的人的这种快感吗？”

“不过，不想再发生那种，他自己说自己上周的状态好多了，于是停药的情况。比起撒谎，他随便停药才更让人头疼。”

藤代把脖子往左偏，用手揉着自己的肩膀。

“藤代老师，你累着了吧。”

奈奈盯着藤代的脸问道。

“可能是吧。”

藤代装作一副呆呆的样子。因为跟纯的事情，这几天睡眠都不太好。

“嗯，你看起来确实好疲惫。”

奈奈盯着藤代的眼睛，缓缓地说。这句话里没有任何修饰，只是陈述了事实。这句话跟剪得干练的短发叠加在一起，把她知性的气质展现得淋漓尽致。

“确实好疲惫。”藤代苦笑着重复道。奈奈的风格有点太轻描淡写，很多年长的医师都担心她会不会给患者造成一种冷漠的印象。还有人给她提过近似性骚扰的意见，叫她留长一点头发，化个妆什么的。可是，她完全听不进去。

“最近朋友来找我商量了一个很奇怪的问题。”

“什么问题？”

“女性关系。”

“原来如此。”

“做精神科医生的话，经常会遇到的事情。”

“也是。有时候会碰到那种把心理咨询跟占卜混为一谈的人。”

“不过，这个案例有点意思哟。”

“那你说给我听听。”

奈奈翻开 Moleskine 的小型笔记本，左手拿起钢笔，在藤代面前的椅子上坐下。眼睛清澈，闪着光。这是一贯冷静不感情用事的她在遇到自己不熟悉的事情时会展现出的生动的表情。每次看到这样子，藤代就感觉，精神科医生这个职业对她来说简直是天职。实际上，她确实在年轻的医师中非常出众。

“这好像是发生在烂醉如泥时的事情。”藤代开始说。

“这个男性朋友马上就要准备结婚了。他的未婚妻的妹妹，突然因为妹夫的事情来找他商量事情。两人就一起去吃饭了。吃饭期间，这个妹妹就告诉我这个朋友，她四年没有跟自己的老公有过性生活。一边喝酒一边说话时，妹妹告诉他自己有三个床伴，想同样诱惑他也成为自己的床伴。坐上出租车，眼看马上就要到千钧一发的时候，仿佛一切被看穿了一般，他的未婚妻正巧打来了电话，结果什么事情都没有发生。

“我这个朋友说，他们好像吃了很贵的鱼，但是具体吃了什么，什么味道，却什么都不记得了。可能是因为性欲把所有的味觉全部夺走了吧。”藤代边笑边说。

“听到这个地方，我没听出来这是什么特别值得烦恼的事情。”

奈奈看看右手上的时间，藤代顺势朝电脑屏幕右上角的时间看去。离开始诊疗，还有十五分钟的时间。

“这个故事还有后半部分呢。”

“不好意思，你继续说。”

“我朋友乘出租车把妹妹送回了家。在他一个人回家的路上，我这个朋友就想，刚才那个时候，如果未婚妻没有打电话来的话，自己会怎么做。如果跟她做爱，自己与未婚妻的关系会发生怎样的变化？为什么会这样想呢？因为他自身跟未婚妻也已经两年没有性生活了。”

唉！奈奈小声地叹口气，在笔记本上写下“四年”“两年”两个词，并各自用圆圈圈了起来。

“是不是感觉复杂和奇怪了？”

藤代看着奈奈那正在画圆的笔头，试图询问奈奈的感想。他很好奇，奈奈会有怎样的反应。

“是从别人那儿听来的故事，我们也很难做出判断。首先，他们为什么会想要结婚？无论是这个你的朋友，还是那个妹妹。先不说伦理方面的问题，如果没有婚姻这个关系在里面，所有的事情都不是问题。”

“也许是这样的。不过，我感觉这个妹妹之所以邀请我朋友去吃饭，最初可能并不是为了性的目的。应该是真的有什么事情找他商量。”

“你的意思是途中偏离到性的话题上了。”

“有可能。”

“我不明白为什么这个妹妹活得这么开放，却还要执着在婚姻关系上。”

“可能是因为她这个执念太强了，所以才在外面找性关系。想取得一种自己内心的平衡。”

“我觉得，不光是他们，大部分的人对婚姻和性生活都抱有太多期待了。可以说，他们都误以为这些是能够让自己幸福的东西。”

“唉，确实是这样吧。”

“说起来，我虽然跟这个妹妹毫无共鸣，但有些地方，我也能够理解她。”

奈奈放下笔和笔记本继续说：“很多人都混淆了坠入爱河和做爱、相爱这些事情。明明不过是脑袋充血的状态而已，却误以为那是爱得轰轰烈烈的证明。”

藤代看着面不改色地开始一番“正论”的奈奈，不禁感叹她确实美丽。虽然有很多男人看上她的姿色，但是却没有人敢进一步靠近。她的身上似乎有一种铁定会拒绝异性的气场存在。

“不过，在我们的社会中，男女之间一般从相爱，到做爱，然后自然而然就走进婚姻。如果否定这样的模式的话，大家恐怕都不知所措了吧。

“如果说有爱情，就能什么都原谅的话，我可不赞成。因为我觉得爱情这东西，其实是更难看和孤独的东西。”

奈奈已经空窗期四年，没有跟异性有过关系。别人问她有没有男友，她都会斩钉截铁地说自己毫无兴趣。即便在各种价值观都能接受的精神科医生中间，奈奈都是一个脱颖而出的特例，不少的同事都当她是一个怪人。

“觉得从心底爱着某个人，这也不过就是一瞬间的事情。”

藤代的右手忽然感觉到小春那只颤抖的小手，他不由得看了看自己的手背，却不记得那时候自己的手也同样颤抖过。

“想要这一瞬间永远持续下去，这根本就是幻想。然而，人们却觉得男女之间像命定一般相遇，相恋，然后成为对方一生的伴侣，一直相亲相爱，这很可笑。因为无论跟谁恋爱，最后到达的目的地都是一样的。所以，结婚之后的无性生活也是理所当然的。”

“别说这么绝望的话嘛。”

藤代苦笑，握紧自己一直盯着的右手。手背的那种感觉渐行渐远。

“并不是什么绝望，这是现实。我觉得反倒是这样思考了，人才能变得更积极起来。看看身边的这些人，其实大部分都没有在真正地谈恋爱。像我这样觉得恋爱对于人生来说并不重要的人应该比较少。”

奈奈又看一眼手表，继续说：“我们太把别人创造出来的价值观当回事儿了。谁说的必须要恋爱，必须要做爱啊？是杂志和电视吧？我认为男女恋爱这种事情在这个时代已经结束了。”

奈奈说完的同时，医院里宣告开诊时间的广播开始传来。

“好，今天我们也在绝望中开始努力工作吧。”藤代看着奈奈的眼睛说道。“好的，向着无限的前方进发。”说完，奈奈今天第一次露出了笑容。

耶稣仰头看着天。巨大十字架背后是彩绘玻璃，上面有四处飞舞的天使，耶稣在他们的包围中，正在向天祷告。左边墙壁上，几条银色的光管朝天花板延伸着。茶色的木椅一排又一排，地板被从彩画玻璃上射过来的七色光照亮，地上铺着皇室宝蓝色的地毯。

“藤代先生、坂本小姐，这个礼拜堂的彩绘玻璃是从德国教堂直接引进过来的。”婚礼策划师的声音在空荡荡的空间里回响。礼堂里，可以听到海顿的钢琴曲在轻轻地流淌。“管风琴也是从英国船运过来的，是有历史价值的东西。”

两人都休息的一个周二，藤代和弥生来酒店旁的这个礼拜堂参观。九个月后，自己就将穿着晚宴服在这里步入婚姻的殿堂，藤代怎么也想象不出那个模样。身旁的弥生，正为新郎新娘当天该做的事情详细询问策划师。该从哪里进来，走到哪里截止，面朝哪个方向，该说些什么。她的样子就像是在确认舞台走位的女演员。她是否已经想象出那个身着婚纱，走在宝蓝色地毯上的自己的模样了呢？当那一天到来时，她是否会跟大多数的新娘一样流下幸福的眼泪？

“这里一天会举办多少次仪式？”

弥生向策划师问道。

“藤代先生预定的这一天，早上、下午、晚上所有的场次都已经是满满的。不过，我们已经做好了时间充裕的安排，不会出现串场的现象。”

这可能是经常会被问到的问题吧。婚礼策划师露出满面的笑容，像是在安慰他们，你们俩是受到特别祝福的哟。“那你们慢慢参观。”说完就走出了礼拜堂。

“四个宴会厅，都各有上午、下午、晚上三场婚礼。”弥生悄声地说。

“是啊，一天要忙完一打的婚礼呀。”藤代的声音在高高的天花板上回响。

“真的像是流水作业。”

“不是吗？一天为了要办完几场婚礼，所以才有那么多宴会厅。跟办葬礼一个道理。”

“别这么说嘛。”

“不过，不是吗，很讽刺，对吧。几十个、几百个人为了自己而聚集起来的时刻，一生中也就只有结婚典礼和葬礼的时候了。可是，人生中这么大的活动，其实也不过是流水作业在操作而已。”

弥生一边抚摸着管风琴的键盘，一边说。

“唉，就那么回事儿而已。”藤代发出同样的感叹，与此同时想起了去年冬天出席表哥葬礼的事情。

表哥年纪轻轻就患上了大肠癌，四十二岁就去世了。在火葬场，他的妻子，还有上中学的女儿和上小学的儿子，依偎在棺材旁哭个不停。

藤代跟表哥小时候还有交流，但大学毕业后就疏远了，不知不觉间表哥就变成了远方的亲戚。在告别会上，听祖母说，他在连锁餐厅当销售，从早到晚一直忙得团团转，即便是过劳死也并不奇怪。

从东京坐一个半小时左右的电车，来到横须贺郊外的综合葬礼会馆。眼前是一大片蔬菜田地。葬礼公司的工作人员正有条不紊地把棺材从告别仪式的现场运往火葬场，并组织家属们一道前往。藤代想，表哥都已经死了，可是还要被这样紧绷绷的时间安排给催着，急急忙忙地烧成灰。比起悲伤，他的心中被一种更虚无缥缈的感觉所缠绕。

棺材被抬上铁制的轨道，火化遗体的时间到了。嫂子和孩子们开始像呕吐一般放声大哭。他们已经哭了个通宵，以为他们恐怕再也流不出眼泪来了，可眼泪还是接连不断地往外涌，根本没有停歇的征兆。之前一直默不吭声的亲友们也开始哭起来，痛苦的气息开始弥漫在整个火葬场中。

这时候，一个有些年长的男人站了出来。他是亲属中年纪最小的叔父。这位一直单身且好多年没有消息的叔父，昨天守夜的时候突然出现了。亲戚们都感到非常吃惊，不知道他是在哪里听说了葬礼的事情。守夜后，他继续喝酒，不断地找亲戚们聊天，还不停地放声大笑。

可能是因为昨晚喝多了吧，在蒙眬的状态下，叔父好像穿着酒店的浴衣外面披了一件丧服外套就跑了出来。还没有搞清楚状况，就急急忙忙地开始烧香，烟灰掉到脚上，不禁叫起来："好烫，好烫！"原来他穿着拖鞋就出来了。"啊，对不住，我迟到了。"大阪出生的叔父，一边点头道歉，一边烧香。这时候，刚才一直哭个不停的嫂子和孩子们笑了出来。太好了，爸爸，叔叔来看你了。虽然穿着睡衣，但是还是赶上了，太好了。等他们擦干眼泪，棺材就被推进了发着轰隆隆声响的火焰中。

有这样不可思议的事情吗？在等遗体火化期间，亲戚们在等候室里边喝啤酒边意味深长地感叹道。不过，太好了，多亏了他，我们可以在欢乐的气氛中送走表哥。啊，连那样的家伙也有能派上用场的时候啊。他们一边聊着自己的各种特别的经历，一边喝着酒。

藤代则一边迎合大家，一边呆呆地看着入口处的看板。石井、山上、长谷川、竹内，四个人的遗体安排在接下来的计划里。藤代想，在今天这个破旧的殡仪馆里，接下来还有四场悲剧即将拉开序幕。这些肯定都能够作为他们的特殊经历而变为谈资吧。

“婚礼这种东西，也不过是短暂的调节剂吧。仪式结束后，生活很快就会到来。”

藤代回过神来，弥生的手已经放在了礼拜堂的门上。

“这不是开启今后生活所需要的仪式吗？在大家的面前发誓相爱，责任感也会萌生。”

“确实啊。不过，即便说是爱，但很快不就会变成情吗？”

弥生紧盯着藤代说道。

“可能这就是所谓的成为家人。”

藤代笑着回答，尽量不带任何其他的含义。

“我不想像这样区分开。”

“我也是啊。”

“你真的是这么想吗？”

“嗯，我们都要努力。”

弥生点点头，用两手一起按下了房门。两边的门一下子开了，灿烂的阳光射进藤代的眼睛里。太过耀眼，藤代不禁眯起了眼。

“那天，纯好像很幸福的样子，穿着婚纱走在地毯上的时候，那孩子都哭了。”

“真想象不出来。”

“是吗？纯就是那样的孩子呀。”

藤代总算是适应了耀眼的光亮。弥生站在阳光之中。可以听见外面街道上车水马龙的声音。

“说起来，之前她找你商量事情，现在商量得怎么样了？”

一边看着策划师从远处小跑过来迎接从礼拜堂出来的他们俩，弥生一边问。

“什么怎么样了？”

藤代跟弥生朝同一个方向看去。

“上次你跟纯两个人见面的事情，我想起来还没有好好问你呢。”

“啊，不，我上次只是去听她说了说，处理要等一阵子。”

藤代觉得，不该说出被纯引诱的事情。

“那个孩子跟我的性格不像，对吧？”

“可能是。”

藤代看着弥生形状漂亮的后脑勺想，我是被她的哪里吸引住了啊。随着日子一天天过去，越来越看不透弥生的性格。

突然藤代感到背后的视线，他转过身来。背后是礼拜堂里的耶稣依旧仰望着天空的模样。

四　月　女　友

August

八月的谎言

“我们很容易毫不客气地
伤害那些在我们身边爱我们的人，
而不是我们憎恨的敌人。”

红格子的桌布上堆满了各色各样的生牡蛎。

“这个是从长崎运来的，这个是澳大利亚产的，这个是石川的，旁边那个是新西兰的。”

纯指着放在碎冰上开着口的大大小小的生牡蛎开心地笑着。她的声音甜美又妖娆。白皙细长的手指尖，是粉色光亮的美甲。只有指甲尖的部分涂成了白色。

“哥哥，你想吃哪一个？”

细长的玻璃杯中装满了黄色液体，杯里细小泡沫正呈螺旋状上升。

黄色标签的香槟瓶已经空了一半多，藤代的视野开始有些模糊，一口气喝完后，感觉到一种蜂蜜般的香甜。

“前段时间，真对不住。我完全喝醉了给你添了麻烦。”

上周周末发来的邮件上的用语非常恭敬，跟上次在酒吧时的纯完全判若两人。我才该道歉，喝得这么醉醺醺的。藤代一回信，纯就邀请他，说想跟他好好聊一聊，下次一起在家里见如何。正当藤代还在想该怎么回答的时候，纯就发来了邮件，让他不用担心，说我已经跟松尾说了哥哥给我做咨询的事情，他非常理解我，说到时候会晚点回家。

纯的家在东京西郊外的一个卫星城。尽管是郊外，一排排高大建筑就像是要把车站上方给全部覆盖似的。所有需要的东西都可以在附近的商场买到。老年人居多的这个大车站，年轻夫妇格外引人注目，孩子们欢快地四处奔跑，全身心尽情享受暑假。笑声在车站大楼高高的天花板上回响。红色、白色、粉红色的气球在孩子们手中摇晃着。

纯在检票口前等待。梳理整齐的头发在风中闪闪发光。虽然披肩从肩膀上搭下来，把上半身遮住了，但迷你裙下方露出的白皙大腿依旧清晰可见。高跟凉鞋像白色的漆皮绳缠绕在脚上，脚趾上也涂着漂亮的指甲油。这种白色让她在纷繁复杂的大楼里看上去鹤立鸡群。就连带着孩子的男人们，经过她身边时，都仿佛鉴赏艺术品一般要向她望几眼。

在纯的带领下，藤代走出车站。只听耳边响起咚咚的高跟鞋声。山坡上茶色的住宅区映入眼帘，十几栋耸立的高楼把大大的绿地公园包围起来。

走进最里面的一栋楼，乘上电梯，三楼、五楼、七楼，一直坐到最顶楼九楼。房间里是整洁的开放式厨房，旁边是饭厅。再往前可以看到放置着白色家具的客厅。标准的家庭式公寓。处处可以感觉到她生活在结婚、生孩子、生活的流程标准框中。

接下来的记忆就模糊了。清醒过来时，发现自己已经喝了好几杯香槟，眼前还放着生牡蛎。“今天我就想着跟哥哥你一块儿吃这个来着。松尾不喜欢吃牡蛎，所以我一直忍着。”纯说。

“哥哥，你想吃哪一个？”

被纯这么一催，藤代随即拿起一个澳大利亚产的圆形生牡蛎。

“啊，真爽。”

纯高兴地笑了，不停地吸包在壳里的石川产的生牡蛎，不知道是不是纯醉得厉害了，嘴角流出牡蛎的汁液，把胸口的地方弄湿。白色的薄针织衫，被她丰满的胸部撑得鼓成了弧线。黑白横条的紧身迷你裙那柔软又舒展的质地，让腰部的线条一览无余。微微泛红的大腿慵懒地向两边张开，若有所求般来回晃动着。

“哥哥，好好吃呀。”

回过神来，藤代发现自己已经吸了一个又一个牡蛎，吞入口中的粘连又柔软的肉一嚼，黏黏糊糊的甘甜就在舌尖蔓延开来。手上沾满了牡蛎的黏液，嘴角也沾满了口水和牡蛎的汁液。突然，他感觉自己的指尖被什么温暖的活物所包裹。藤代往旁边一看，原来纯正在舔舐自己的食指。

“这个也很好吃。”

住手！藤代想叫出声来，可是又仿佛自己被投入了真空的世界中一般，张开口却什么也说不出来。纯用手指抓起牡蛎肉，喂入藤代的口中。藤代感到自己的视线一闪，回过神来发现自己已经在拼命地舔舐那被红色的爪子抓住的牡蛎肉。藤代迎着纯的目光，舔舐着她的指头。藤代感觉到下半身发麻，开始变硬，开始疼痛。

突然，纯抽离手指，把嘴唇贴了上来。那肉肉的舌头在口中起舞。两人的舌头紧紧地缠绕在一起。下一瞬间，双双倒在床上。藤代嗅到那像花香一样的亚麻布的味道。不好。藤代想要撑着身子坐起来。她老公要回来了，这样子会出事的。生活的气味唤起他残留的一丝理性。“没关系的哟。”纯的声音在耳边安抚，“松尾今天不会回来了。”就这样她脱下了针织衫，解开裙子的拉链。藤代可以看到她白色蕾丝的内衣下面包裹的肉感十足的身体。纯把藤代衬衫的扣子一个一个解开，开始舔舐他的胸口。藤代不禁发出呻吟声。“哥哥，感觉很舒服吧？”纯露出了欢快的笑脸。不行。快停。多少次都想说出口，却出不了声音。纯的舌头在身体上爬行，脑袋中组织的语言已经变成一片空白，只剩下呻吟。“哥哥，你真可爱。”纯牵起藤代的手，往自己的下方引。手指尖跟生牡蛎一样的柔软又黏稠的触感蔓延开来。

像挣扎一般，藤代呼叫着撑起身来，睁开了眼睛。

T恤的脖领周围已经被汗水浸透。藤代静悄悄地从床上起来。不知道有没有被隔壁房间正在睡觉的弥生发觉。他看看四周，一个人的卧室安安静静的，墙壁上挂着的时钟依旧在走。四点半，窗外天还亮着。原来现在还是傍晚，而且今天是周日。他慢慢地整理混乱的大脑。弥生今早出门了，去参加兽医新人的婚礼。枕边上是还没读完的文库本—保罗·奥斯特的《幽灵们》。对了，就是在午饭后，躺在床上读书时，睡着的。他总是这样，白天睡觉常常会做噩梦。

藤代走出房间，冲了个热水澡。闭上眼睛，红格子的桌布和生牡蛎，仿佛是在黑暗中被打上聚光灯一般又闪现在眼前。

藤代一边擦拭头发，一边给伍迪·艾伦喂牛奶，从冰箱中取出蓝瓶的豆子进行搅拌，然后用 CHEMEX 咖啡手冲壶冲咖啡。这些习惯了的动作逐渐让心情稳定下来。感觉咖啡微苦的香味慢慢把自己带入正常的世界中。

打开电视，电视上正在播放傍晚的新闻。约翰内斯堡近郊的洞穴中发现十五个据说是人类新品种的化石。这种新品种被命名为 Homo naledi（纳莱迪人），据说是一种介于人类和两只脚行走的灵长类动物之间的物种。感觉傍晚新闻的主持人比晚间新闻的主持人口吻要沉稳几分。在 Homo naledi 的世界里也有结婚这种事情吗？藤代一边恍恍惚惚地想，一边喝咖啡，突然一个邮件来了。“晚上七点，代代木，老地方见。”

“藤代，你这是欲求不满啊。”

Mask 倾斜着酒杯笑着说。他那巴掌般大的小脸已经笑得东倒西歪。高鼻梁和让人倍感亲切的内双眼皮。柔顺的波浪卷。这已经是第四杯了。可是，脸色却丝毫没有变化。

“只不过是梦里的事情而已。没有人傻到会对自己未婚妻的妹妹下手吧。”

藤代像配合着他的节奏，也喝光了杯中的酒。

藤代借着酒劲儿，把跟纯之间发生的事情告诉了 Mask。

藤代已经记不起自己这是第几杯了。

“是吗？如果换作我的话，肯定就不客气了。”

Mask 声音低沉。白色 T 恤里的身材虽然纤细，但可以看见肌肉紧实的手腕。强烈的香水味。又长又瘦的手指像鹰爪般握住玻璃杯。

“我可不像你那样过着今朝有酒今朝醉的人生。”

藤代一边笑，一边用手指搅拌玻璃杯中逐渐融化的冰球。

从代代木的车站缓慢地走下山坡，经过便利店和预备学校，走进前面的小径，突然就可以看见模仿植物园建造的小街道。经过从入口处开始连成一串的面包坊和咖啡厅，穿过被异国植物覆盖的小丛林，就可以看见一家装修豪华的意大利餐厅。藤代和 Mask 在那里稍微吃了些东西，就在旁边的酒吧里喝了起来。

“可是，藤代，你跟弥生没有性生活吧？”

“对，就连这点都全部被妹妹看穿了。”

“那，这可能是一个好契机。”

“笨蛋，这样会更混乱的。”

酒吧内漆黑一片，墙壁上挂满了唱片。据说店长是有名的音乐家，真空管的扩音器和英国老店制作的高级播音器配套。自赏派乐队的吉他曲目舒缓地环绕在耳边。

“可是，现在这个时代，无性婚姻什么的也并不奇怪了。”Mask 一边跟酒保点跟往常一样的东西，一边继续说，“而且，结了婚，等待我们的是漫长无期的日常生活，如果想恋爱的话，不是只能逼人搞外遇吗？”

“喂，Mask，你喝醉了啊。”

像跟着凑热闹，藤代也跟酒保点了“同样的东西”。

“跟你一起的女人，是不是一直爱着你，怎么才能确认？而且还别说自己爱不爱这个女人都不知道。”

“虽然话是这么说，但是社会的规则不就是到了某个年龄就要结婚，然后接下来必须一直爱着跟你白头偕老的妻子吗？”

吉他的声音逐渐淡出，开始响起电子管风琴的柔软之音。发源于法国红遍世界的 POP 二重唱的热门曲。风琴与特别的电子合成器的声音交融在一起。

“不过，这种规则恐怕各种意义上都没能绑住现在的男人们吧。”

“唉，所以呀，说到为了什么结婚，真是想不出什么理由。尤其是对于男人来说。”

“可藤代你还是要结，这不是矛盾了吗？”

“啊，确实是解决不了的矛盾。”

藤代和 Mask 是在一个“占卜少年”那儿认识的。

那是五年前的一个夏天。藤代被要求到吉祥寺尽头，参加一个最近刚盖了一个小独栋的友人的家庭派对。藤代在车站的商场里买了红酒和奶酪，到朋友家时，却没想到包括这个朋友在内的八个人全都是女性。有些是收购洋画艺术品的，有些是在电影公司制作小规模日本电影的这个朋友的同事。被八个女性包围着，藤代一边有些束手无策，一边一个劲儿地喝递过来的香槟。这时，一个高个子的青年出现了。朋友跟藤代介绍道：“这是今年才来我们公司入职的帅哥。”

介绍 Mask 的话音刚落，一名女演员就走了进来。这名演员作为剧团出身的实力派，在舞台剧和小电影中大展身手。她的旁边站着一位皮肤白净透明，一双眼睛像玻璃珠一样无生命感的少年。“这个孩子是个天才。”她说。据说他是成为喜好占卜的群体中热门话题的四国神童。“我也在很多地方做过占卜，还是第一次遇到占卜得这么准确的。”女演员像发表演说般说完后，一群女性就沸腾起来，个个都想赶紧找他占卜。

于是，接下来，少年就开始在二楼的房间里一个一个占卜。女性们都醉得厉害，开始畅聊起当年戛纳电影节上的有趣电影，以及自己讨厌的电影评论家等。藤代一个人坐在沙发上，恍恍惚惚地看着这个场景。正在这时，Mask 从一旁凑过来，像鉴赏物品一样看着这群女性。

“那个戴眼镜、腿很漂亮的负责收购的女性，还有那个留着整齐刘海，像文学少女一样有灵气的女孩。”

“嗯？她们怎么了？”

“我跟她们上过床。”

“哇，你还真会玩。”

“不是玩。我是在收集接下来我要工作的这家公司的信息。”Mask 露出爽朗的笑容，“要想听到内部的消息，上床是最快捷的办法。睡觉之后，女性基本上什么事情都会说给我听了。”

跟他所说的这些事情形成鲜明对比的是，他身上有一股不知道为何带点凉意又高贵的气质。好奇心战胜了鄙视的情绪，藤代追问道：“虽然我完全不赞同你的观点，但还是觉得你好厉害。怎么才能这么简单就……”

“我只是不会去做那些降低概率的事情。”

“概率？”

“是的。藤代先生，你如果发现女性的连衣裙背后的拉链开着，或者袜子开裂了，你会告诉她们吗？”

Mask 一边看着戴眼镜的女性一边说。那个女性正喝着红酒，张大嘴巴放声大笑。

“嗯，可能会说。”

藤代也看着这个女性回答。只见她大幅度地晃动着身体，葡萄酒几乎都要从玻璃杯中洒出来。她的腿确实漂亮。

“啊——啊！”

“啊——啊？”

“完全不行。我是不会说的。因为，即便对方当场对你表示了感谢，你跟她做爱的概率也会降低。”

“原来如此。”

“我如果想跟女性做爱的话，我就会无视那些体贴的细节和礼仪。如果你积极主动地去做这些，女性就会防备。所以，我一直做的不过就是不断回避这些降低概率的事情。就这样，就能上到绝大部分的女性。”

“有点儿让人难以置信。”

电影公司的女职员们把带来的东西铺展在桌子上。

塞拉诺火腿、美草勒奶酪、泡芹菜、黑油，同时打开红白两色的葡萄酒，一边问相互的喜好，一边注酒。

“不过，如果这么简单就到手，肯定觉得没趣吧。”

“是的。所以，我最近在寻找说谎话的人。”

“说谎话的人？”

“是的。比如说，那种说自己从来没有跟男朋友以外的男人做过爱的女孩。”

Mask 稍稍喝一口香槟，视线转移到那个一边在盛菜一边闹腾不休的留着齐刘海的零工女孩身上。

藤代看着这个打工女孩，小声附和道：“可能真的有很多。”都已经是夏天最热的时候了，她还穿着黑色的紧身裤，腿脚有些肉感，腿肚子还不断地抖动着。

“那些大部分都是说谎。所以，一旦发现这种骗子，我就会去勾引她。基本上当天之内就会弄上床。”

“哇，听起来好过分。”

“不过，这是真的。这样的女性并不是只跟男朋友做，只是没有把男友以外的人算进来而已。”

“真是让人如梦惊醒啊。”

“我觉得，女孩子嘛，总之是一种容易感到寂寞的生物。所以，我给她们的虽然不是爱情，但是是一种作为人类的爱。”

“你这种人真是没良心。”藤代轻轻地戳 Mask 时，正好从二楼传来告知轮到藤代去占卜的声音。

藤代走上二楼，走进房间。这个只有盏台灯照亮的漆黑的房间里，少年手持水晶球以正坐的姿势等候着，先让藤代在小纸上写下自己的出生年月和出生地，然后将这张纸折小，放进紫色的巾着袋里。然后他抚摸着水晶球，一边注视着水晶球，一边开始念叨起什么来。那就像是民谣一般的悲壮声音。最后，少年告诉藤代两个预言。

藤代从二楼下来后，Mask 就走上楼梯来交换。擦身而过时，Mask 指着二楼，露出一副在问“怎么样”的表情。藤代偏着头，撇撇嘴，回答：“能怎么样，我不知道。”

“Mask 跟你聊了很久呀。”

藤代手持红酒瓶给自己添酒。

藤代的朋友坐到身边来。

“啊。”

藤代侧眼看着她。只见她好像已经喝高了，从脸到胸口都红透了。

“你们刚才在聊什么呀？”

“咳，男人之间不着边际的对话。”

“关于恋爱方面的吗？”

“关于性爱方面的。”

“是嘛。不过，他是个同性恋哟。”

朋友把嘴巴凑到藤代的耳边，小声地说。

“是同性恋？”

藤代一时半会儿完全没理解朋友到底在说什么，不禁叫出声来。朋友皱着眉，赶紧让他小声点儿。

“嗯，该说他是同性恋好呢，还是双性恋好呢？总之，他好像也能接受女性。不过，基本上还是喜欢男性。”

“大家都知道这件事儿吗？”

“也许都还不知道吧。我也是把他介绍给我的那个朋友悄悄告诉我的。他的男朋友是一个当西点师的帅哥，经常到我们公司来玩，这点应该不会错。”

咚咚咚，轻微的脚步声传来。Mask 蜷缩着长手长脚，小心翼翼地走下楼梯，一边笑着说：“他说我当不了有钱人。”说完就跑去女人堆里跟女人们一起聊天了。只见他那褐色的瞳孔打量着桌子上各式各样的菜品，女人们就开始给他介绍这些不同的口味。这个好吃，那个一般般。那边那个有点辣。Mask 嘻嘻哈哈地笑着道谢，长长的手指抓起黑橄榄。女孩子们都安静下来，盯着他的指尖看。

从那以后，藤代就跟 Mask 每两个月出来一起喝一次酒。每次邀请的人都是 Mask，而且都是在藤代都快忘了的时候就会收到他发来的短信。每次喝都会喝得烂醉，听他讲自己各式各样眼花缭乱的性生活。可是，到目前为止，还没有从 Mask 的口中听到他承认自己是同性恋。

那之后，占卜少年的两个预言中，只有一个成真了。藤代确实搬到了河边住，但是并没有弄伤膝盖。

播音机里传来了电子音乐。那是几年前突然去世的一位京都艺术家创作的最后一首曲子。那舒服的声音就像雨滴敲打湖面，波纹荡漾开去的感觉，在微暗的空间里回响。

“我以前的女朋友寄信来了。”

藤代自言自语似的嘀咕道。他的视线在空中摇晃。

“什么时候的女朋友？”

Mask 也恍恍惚惚地问。

“大学时的女朋友。九年不见了，突然寄来。”

坐在里屋沙发上的女人，突然大声笑起来。她旁边的大个子男人，手环抱着这女人的肩膀。酒吧里面黑漆漆的，看不见表情，不过依然能看到这两个身影重合在一起。

“写信？真是复古啊。”Mask 摇摇玻璃杯，杯中的冰块咚咚作响，“我最后一次写信是什么时候来着……已经好久好久没做过这么细致入微的交流了吧。这就叫作‘纯爱’吧？”

“嗯，写不成恋爱小说哟。”

“也是哈。虽然很可悲，不过确实这种故事跟现实中的恋爱基本上毫无关系。”

“以前，我以为纯爱之类的，什么时候想要就能有。现在想起来，才发现那基本上只有故事中才有啊。”

“现在也不晚吧？看，你以前的女朋友不是寄来了情书吗？”

“你当我傻吗？”

像是为了缓和藤代的反驳，Mask 边笑边取出手机，灵敏地给好几个人发去了信息。不知道对方是男性还是女性。即便他已经看上去醉醺醺的了，可是手指的运动看起来依旧冷静沉着。

“可是啊，藤代，人这种东西真的很可怕。因为我们很容易毫不客气地伤害那些在我们身边爱我们的人，而不是我们憎恨的敌人。”Mask 的脸被智能手机的荧光屏照亮。

“我虽然总说什么博爱，其实，不过就是没法儿去真正爱一个人而已。所以就像这样跟某个人不断谈论性的话题。即便在故事中感觉到爱，却无法爱自己身边的人。”

“啊，这又是一个无法解决的矛盾。”

Mask 会心一笑，说自己喝不下了，就趴倒在酒吧台上。藤代缓慢地抚摸他那烫成波浪般的头发。

往酒吧的里面看去，刚才放声大笑的男女已经不见了。就像是青烟消失在黑暗之中一样，完全没留下任何痕迹。只有在那里发生过的性爱的气息还仿佛飘荡在沙发上。

“前些日子真是对不起，我喝醉了，给你添麻烦了。”

藤代盯着手机画面，简直跟梦里一模一样的信息画面。只有这个是现实，藤代反复确认了几次。确实收到了纯发来的信息。正当他在踌躇时，想起了那天的噩梦。

应该尽量回避两人单独相见的情况。可是，纯好像还有什么事情想跟藤代说，藤代也觉得还有些该跟纯讲的话还没讲。只不过，应该说什么，还没有想好。跟 Mask 喝了个通宵，借着酒的力量，藤代给纯回了邮件。几个来回后，两人决定在下周周末的傍晚在离纯家仅几分钟脚程的地铁站大楼的咖啡厅里见面。

明明是第一次到纯居住的街道。但是，这里却跟在梦中所见到的景色几乎一模一样。车站上方是巨大的购物中心。橘红色的夕阳照射着来来往往的家庭，四处欢闹奔跑的孩子们的喧闹声听起来宛若回声。

车站大楼里的咖啡店，看起来像模仿巴黎风制作的便宜货的纯色调室内装修。两人点了冰咖啡和冰拿铁后就开始找位置，店内人声鼎沸，于是两人就找了露天圆桌就座。藤代不断地跟自己说，大部分的似曾相识都是因为过去的经验在大脑中重新组合而已。拿着红色、白色、粉红色的气球的孩子们围成一个大圈奔跑嬉戏着。仿佛在哪儿见过这个场景。回忆开始浮现，可是，却找不到对照的风景。

只有出现在咖啡店里的纯的样子跟梦中有所差异。大尺寸的白色 T 恤配上镂空牛仔裤。身体的线条被隐藏起来，在这个被家庭气息浓郁的地方所渲染出的造型中感觉不到性的香味。只有那裸脚穿的漆皮高跟鞋，还有那像在撞击木地板的声音，还残存着梦中的气息。

“天气越来越热了啊。”

纯在位子上就座，拿出白色的手帕擦拭汗水。

“湿气也很重。”

藤代把冰拿铁递给她。“谢谢！”纯温柔地道谢，接过塑料杯。明明都已经是傍晚，蝉声依旧不绝于耳。

“店内的座位空出来后，我们移到里面去吧。”

“没关系。我喜欢热天。”

“是吗。”说着，藤代把冰咖啡杯放到桌上。纯坐在正对面，正埋头用吸管吸着拿铁。淡茶色的液体，在里面流动。…………

别着头发的耳朵上戴着闪闪发光的小珍珠耳钉，白皙的脖子上有汗珠滚动。

“对了，那天晚上的事情，你告诉姐姐了吗？”

纯突然抬起头来，盯着藤代。

藤代避开她的眼睛，喝一口冰咖啡。

“没说什么详细的事情。你也跟松尾开不了口吧。”

“那是当然。不过，姐姐她的直觉很好，说不定已经察觉到了。”

“有可能。”

“你别看她那样子，其实嫉妒心很强的。”

“是吗？”

“哥哥，你一点儿都不了解她，就要跟她结婚呀。”

甜甜的香味飘过来。可能是从对面的甜点屋飘来的吧。橱窗的托盘里摆放着一排排用砂糖装饰后光彩熠熠的棕色甜甜圈。来自美国的这家甜点屋因为吸引了络绎不绝的人群，常常要排长队才能买到，所以很有名气。不知不觉间，咖啡店里的人流散去。刚被香味吸引，藤代还没来得及接住纯的上一句话，纯又继续说：“我想你看现在姐姐的样子，肯定没法儿想象，她以前一交男朋友就是一副很沉重很恼火的样子。所以，每次都把人家吓走。于是，不知不觉之间，她把自己那些沉重的东西全部给丢弃了，像什么都没有一样地生活着。”

甜点屋里有两对情侣在挑选甜点，看起来像是本地的大学生。两个男孩子都穿着黑色外套搭配白色 T 恤，下面是米黄色的中国产材质的裤子。女孩子们也都穿着淡粉色的连衣裙。就像复制粘贴后的两对情侣。模样看起来非常小。十年前自己是不是就那副模样啊，藤代想。

“哥哥，你有兴趣吗？”

“什么兴趣？”

“关于姐姐的事情。你不是什么都不知道吗？而且你看起来也不想要去知道。”

怎么会。藤代抑制住了想要这样说的冲动。在这种时候，藤代总会想自己的感情总是比弥生的感情慢了一拍。而且，感觉现在自己无论说什么，都似乎被这个妹妹看透了。

“姐姐上高中的时候，单恋一个从同一个车站上车的同年级男孩两年多。在要毕业的时候，终于下决心去表白了，于是总算是交到了男朋友。那男的是个无趣的男人。虽然说不上丑，但是又老土，又不会说话。可是，姐姐喜欢得不得了，每次约会时，都要为了服饰、发型精心打扮，苦苦来找我咨询意见。于是，她自己衣服的品位，喜欢的音乐，慢慢地都变了。我最讨厌那种为了迎合对方去改变自己的行为。姐姐长得又漂亮，头脑又聪明，为了那种男人去改变，我真的受不了。”

就像装满污水的水缸里开了个洞，里面的水哗啦啦地流出来了一样，纯那模模糊糊的话语缓缓地接二连三地流了出来。她摆弄着她那涂得白白的指尖继续说：“我看见过姐姐在房间里跟男友接吻的样子。姐姐还哭了。我当时大吃一惊，没想到她是那么喜欢那个男友。接下来，姐姐就让人感觉越来越沉重了。每次约会都很早就起来做便当，熬夜、和面、做面包，买了好多本菜谱，学着做曲奇，做蛋糕。然后给她的男友送去，还念叨着如果做得不好吃怎么办，于是每次都先让我试吃。好吃好吃，没问题的，不管我怎么鼓励她，她最终都还是放弃了，于是到最后通通都变成了我在家里面把那些吃掉。”

藤代脑中浮现出弥生早上站在厨房里的身影，认认真真地剥着猕猴桃的皮，藤代在旁边磨咖啡豆。只听见电动搅拌机嘎吱嘎吱磨豆的声音。弥生把剥完皮的猕猴桃放在菜板上，一副了无生趣的表情，然后继续把猕猴桃摆进盘子里。

“有一天，姐姐烤了一个奶油面包，连蛋糕胚都是自己做的。好吃到我都吓了一跳。她第一次拿去给男友，据说这个男友非常喜欢，于是她满心欢喜地回来了。可是，第二个周末，她的男友居然说有了别的喜欢的人，她突然就被甩了。之后，姐姐就一直在家里哭，一直嘀咕着：‘可能是蛋糕不好吃吧。可能是他觉得我太沉重了吧。’”

“哇！”孩子的声音传来。

一个红色的气球夹在了车站前广场中央的一棵大树上。可能是被风吹到那里去的吧。弄丢了气球的小女孩泣不成声。聚拢过来的其他小朋友又是踢树，又是晃树，好一片闹腾。

“吓我一跳。”藤代看着孩子们，苦笑着说，“正如你所说，也许我真的是什么都不了解她，还跟她结婚。”

“姐姐比起我来，用情深得多，嫉妒心也更强。”

一直盯着指尖的纯像是回过神来了，缓慢地抬起眼睛，看着藤代。

“虽然，我并不是完全不能明白，但是这样的她，怎么会变成现在的弥生的？我怎么也没法儿把这两个形象联系起来。”

听见了孩子们的叫声，父母们聚了过来，纷纷往树上那个被夹在高枝上的红气球看去。大家都露出一副“啊，没希望了”的表情。小姑娘还在哭，一旁的母亲在搓着她的背。

“被男友抛弃后的姐姐，完全像变成另一个人似的，把满腔的精力投入到学习中。留级一年后考入了兽医专业。不过，在这期间，她都一直还喜欢那个人呢。”

“你为什么会这样觉得？”

“因为姐姐总是绕远路回家。”

“绕远路？”

“是的。从车站到家，从来不走最近的道路，而是花好几倍的时间绕远路。我觉得很奇怪就曾经跟踪过她，于是我就发现了，姐姐原来是为了不从那个男的打零工的便利店前的路上经过，所以总是绕远路回来。”

“不是因为她已经讨厌那个人了，所以才不想见到他了吗？”

“哥哥，你真是不懂姐姐啊。”纯笑了笑，放在嘴边的左手小指头上的钻石戒指闪了一下光。“这时候，我就觉得姐姐还喜欢那个男的。因为姐姐她不是那种讨厌一个人就不愿见一个人的类型。有些人是喜欢一个人所以才不能见。”

广场上欢声四起。刚才买甜甜圈的男孩，朝红气球伸出手去。他的双脚踩在另外一个男孩的双肩上，被高高举起。这个姿势像极了双人表演的杂技师傅。他们各自的女朋友像双胞胎一样并排站着盯着这一幕。“再往上一点！再往右一点！”孩子们就像在玩击西瓜游戏那样，朝这对“曲艺师傅”喊道。

“看到这样的姐姐，我总是在想，为什么自己明明想要的东西，却不能要呢？为什么那些深情满满的东西不能让对方知道？把自己的想法跟对方传达是那样羞耻的事情吗？这样岂不是，爱对方的感情，输给了嫌弃自己过于深情的感情了吗？”

说完，纯迅速从位置上站了起来，朝着广场的方向，一步，两步，三步径直走去。咚咚咚，用高跟鞋敲打着地板，然后深吸了一口气，叫道：“喂，男孩们！你们这样是抓不到的！两个人同时跳下来！”

听到突然从背后露天席位上传来的声音，男孩们保持着原来的姿势缓慢转过身来。刚才一阵闹腾的孩子们、孩子的父母们，都转身看着纯。

“快点！起风了！”枝叶在摇晃，镶嵌在大树上的红气球看起来已经不牢靠。“快跳下来！一，二！”

就像和着这个节拍，两男孩同时跳了下来。刹那间，强风吹过，气球从树枝间吹落，一下子飞上了天空。大家一起抬头仰望天空，紧盯着被吹上去的红色气球，不知不觉间变成了红色的圆点，像被蓝天所吞没一样消失在视野里。

啊，太可惜了。纯耷拉着眉头回到座位上。

一边喝着冰都已经全部融化了的拿铁，一边用淡茶色的瞳孔盯着藤代。可能是因为叫过之后整个人兴奋了吧，她的脸颊通红，粉红色的嘴唇也湿润了。

“哥哥，你觉得，怎样才能知道有爱的性爱和没有爱的性爱之间的区别？”

藤代的视线还追着气球，恍恍惚惚地看着天空。

听到纯的问题，他默不吭声地把视线转移回广场上。孩子们正在拍手，以感谢男孩子们的帮助。小女孩的母亲正在跟这两个没能帮上忙，带着满脸羞涩的男孩子道谢。他们的女朋友们依旧安静地看着他俩。

确实如此。这确实只有在各自的心中才知道。是否真的相爱，是谁也无法确认的事情。藤代想。可是，却无法用语言说出来。就像那个梦一样。

蝉声消失了。回过神来，周围已经暗下来。明晃晃的车站大楼里，书店店员走出来，将一个红色气球递给了一个女孩。女孩拿着气球，跟朋友肩并肩地走了。红色、白色、粉红色的气球一边摇晃一边消失在黑色的夜幕中。

• *September*

九月的幽灵

“跟小春在一起，我就感觉到自己的心不停颤抖。感觉自己出生到现在一直跟她在同一个地方观察着这个世界。”

强劲的台风刮过东京市中心后的第二天清晨。

“救命。”小春打来电话，电话里的声音听起来仿佛要马上断气了似的，“藤代，救命。大岛死了。”可能因为在颤抖，电话的另一头能听到牙齿在嘴里打架的声音。

藤代没来得及换汗衫就披了一件卫衣，冲出了公寓，连爬带滚地跑下薄铁板楼梯，朝女朋友所在的地方飞奔而去，在湿润的柏油路上奔跑。下坡的时候，好几次踩到大水滩里，白色帆布运动鞋上沾了越来越多的泥水。只能隐约地听到脚步声，肺部开始发热，他仰望天空，不停地喘气。仿佛在向上天祈求，老天爷，你千万要帮助我啊。他一边喘一边吸。

那一天，空气清爽得出奇，被雨冲洗过的街道闪着光亮。抬头看见的天空万里无云，只有一片静谧的蓝。

从摄影部的社团旅行回来一个月后，小春回到了在青森的老家。藤代一个人傍晚前都躺在安放在窗边的小床上睡觉。到晚上才到车站前的便当店就餐，在旁边旧的影碟出租店借电影，一个晚上一直看。就这样日复一日。《决斗》《大白鲨》《第三类接触》《兄弟连》《E. T.》《夺宝奇兵》这些斯皮尔伯格的电影，从头开始看。藤代突然意识到，一直以来把自己带到外面世界去的是小春。

五天过去了，看到了电影《少数派报告》的时候，小春打来了电话。藤代给她讲了自己这种宅男般的生活，感叹自己不知道在外面该做些什么了。这样下去的话，可能会变成蜗牛之类的动物。小春笑着说，那你就把我们去旅游的照片给洗出来吧。这时候，电话的一头传来一丝冷飕飕的气息，让人感觉她确确实实是在青森。

藤代手持照完的四卷胶卷，朝大学校园走去。暑假里空荡荡的校园，蝉声叫得起劲儿，像是宣告夏季即将结束。藤代一个人走在往日闹腾的社团楼的走廊上，他在暗室前停下脚步，敲门后推开房门，只见红色的灯光下有一个身材高大的男人。

那天夜里，藤代给小春打了电话，滔滔不绝地告诉她自己今天做过的事情：难得出一趟家门的事情、去洗了照片的事情、校园空空荡荡的事情等。通话快结束的时候，还添上在暗室里遇见大岛的事情，但没能说出在那里两人聊的内容。

藤代的眼睛渐渐习惯了黑暗，看清这个背影的左肩有些下倾。原来是大岛。他也同样手持胶卷，在往池里倒入显像液。大岛发现藤代之后，笑着说："我们还真是心有灵犀。"

黑暗之中，两人并排站立着，几乎是肩贴着肩的距离。大岛看着放大机，把相纸浸入显像液里。

机器的光微微地照亮了他的脸庞。他的表情跟平日里不一样，眼神给人感觉在认真思考什么事情。大岛把用定影液做好的相纸，五张、六张，都用夹子挂起来。灯光下，大岛拍摄的小春的笑脸隐隐约约地显现出来。

看着被照红的笑脸，大岛小声说："我喜欢小春。"

"嗯，怎么回事？"

藤代还没反应过来大岛的意思，他不自然地笑道。

"我其实也搞不清楚，这到底是男女之间恋爱的感觉呢，还是其他的什么感觉。"

“……你这样说，我很困惑。”

“也是，对不起。我怎么会跟藤代说这种事情呢。”

在黑暗之中，大岛的声音听起来暧昧不清，让人抓不住头绪。不过，被红色灯光照亮的那双微微可看见的眼睛，仿佛被什么自己都无法抑制的东西所捆绑着，正摇摆不定。

“藤代，你不要担心，我什么都没跟小春说。她肯定连我喜欢她这件事情也没察觉。”

“谈什么担心……大岛，你不是有老婆了吗？”

“啊，对，我不会背叛我老婆的。”

“不过，这种事情也说不了绝对。”

“我跟我老婆，彼此都知根知底，心意相通。”

藤代觉得不可思议，为什么他们能这样相互信任？自己从来没有跟人彻底地相互信任过，就连小春，自己也没有这个信心。是因为结了婚，所以男女之间就被施了这样的魔法吗？

“五年前，是她拯救了精神崩溃的我。我当时，工作，什么都做不了，她还一直守在我身旁。我生存所需要的是什么，不需要什么，她通通知道。”

大岛的语言中，仿佛有一些阴暗面的东西。藤代凝视着他的眼睛，揣摩他到底想说什么。可是，在暗室里却看不清他的表情。

“不过，即便这样心意相通，彼此信任，我现在也依然无法确认自己是否爱妻子。她确实是对我来说非常重要的人，一个我应该在一起的人。可是，有时候我会想，维持我们这种夫妻关系的东西，可能就是一种固执的感情而已。想到这些，我就会感到恐惧。”

在黑漆漆的暗室里，藤代感觉仿佛看见了星星。水星、金星、火星、木星、土星。一边躺在自己家的床上，一边看着星星。晚饭准备好了哟，母亲推门进来。决定离婚的母亲，带着一副心底被抽干的表情。多么令人悲哀。那时候，藤代的确感到了悲哀。是小春一边哭一边紧紧抱住了藤代。

“大岛学长，你喜欢小春什么？”

“很难用语言表达出来。如果能表达出来的话，我就把所有的情感都排列起来，进行一番整理，肯定就放弃了。不会再给藤代你讲现在这些，也不会让你烦恼了。”

藤代脑海里浮现出拍摄咖啡照片时小春的身影，感觉自己也是一样，没法儿把自己的那种感情用语言表达出来。

如果能够表达出来的话，恐怕谁都能够对情感的走向进行改变了吧？

“跟小春在一起，我就感觉到自己的心不停颤抖。感觉自己出生到现在一直跟她在同一个地方观察着这个世界。”

大岛又一次盯着放大机，细长的手指缓慢地调节着焦距。在红色安全提示灯下晃动的小春的照片，仿佛立马就要笑出声来的笑脸。构图和聚焦都看起来乱七八糟。可是，那里却是只有小春和大岛的世界。藤代感觉她的笑脸与自己渐行渐远。

“小春虽然不常表达自己，但是她的喜好、她的厌恶、她认为重要的东西全部都反映在照片里了。所以，她喜欢你这个事情，我也是知道的。”

“我不明白，小春到底在想什么。有些时候我会感到迷失。”

藤代小声地说，他终于把自己的感情表达在声音里。

大岛抬起头，又看着挂着的照片上小春的笑脸。

“我想，可能并不是心意相通、彼此信任就是一切。虽然我也并不肯定，但我想对于她来说，爱情就是想跟一个人在一起，想多了解一个人吧。”

小春安安静静地听，只是在对话的结尾说了一句："我喜欢藤代哟。"这个时候，同样地电话的一头也仿佛飘来了青森县的凉飕飕的空气。

藤代赶到小春那儿时，大岛在酒店的床上已经昏迷不醒。

空空的药盒被扔在床头。只见他脸色发青，像个塑料人一样失去了质感。藤代摇晃着他的身体，不断呼喊他的名字，可是依旧无用。

藤代感觉体力下降，喉咙也干渴起来。床的旁边，小春神情恍惚地坐着，头发如一团乱麻，嘴巴呈半开状态，还喘着粗气。问她发生了什么，她也只是不停地流眼泪念叨着："救命，救命。"之后，救护人员飞速冲进房间内，用担架把大岛送了出去。

九月第二场台风即将到来之时，藤代跟小春两人一起来到大岛所在的医院。据说大岛已经恢复意识，于是两人便代表摄影部去医院探望。

从那一天起，小春便不再外出。警察来探寻了几回情况后，藤代不时会去她的房间，但也不会谈起大岛的事情。

因为小春看起来并不想提及，所以藤代自然也没有开口。

“那时到底发生了什么，告诉我吧。”在告知小春医院地点时，藤代终于问出了口。仿佛小春也意识到藤代憋了这么久终于开口了。她沉默了片刻，还是低着头，开始流起泪来。藤代道了声歉，小春就抬起头，朝一旁转过去，眼泪仿佛代替了语言，在说：“不是藤代的错。”藤代什么也说不出口，告诉她会合的时间后就独自走出了房间。

两人在离小春家最近的车站碰面后坐上了公交车。肩并肩坐在二人座的狭窄椅子上。

到第五个站时，放学回家的小朋友们一起挤上车来。大概有十个人吧。有些抓着吊环打闹，有些在位子上翻滚大笑。真不知道什么事情让他们这么开心。可是，看着自己身旁手持向日葵花束的小春，藤代想，那天在去海边的公交车里摄影部的成员们也是毫无理由地一阵欢闹。那时候真的是快乐无比啊。

在公交车上摇摇晃晃二十多分钟后，终于看见了大学附属医院旧大楼。两人在停车场附近下车，穿过宽阔的停车场，进入住院部。在铺着绿色漆布的住院部大厅里迎接两人的，是大岛的妻子。

她整个人毫无生气，骨瘦如柴。除了眉毛的地方稍微画过几笔外，其他地方都不施粉黛，毛躁的头发上还夹杂着白发，随便用黑色的橡皮筋绑了起来。米黄色的 T 恤外套着开襟毛衣。全部看起来都像是在附近的小店里买的便宜货。

“感谢你们特地前来。”

大岛的妻子深深点头致谢，并接过小春送来的花。她的手上有厚厚的皱纹，纤细的无名指上银色的戒指发着微弱的光。

“被送到医院来的时候，我都以为肯定不行了。还好你们通知及时，总算得救了。现在已经好了很多，下周应该就可以出院了。”

大岛的妻子用沙哑的声音说。

那个时候发生了什么？为什么小春会跟他在一起？她并没有问。在这闷热的医院大厅里，只是一个劲儿点头道谢，拿出褪了色的手绢不停地擦拭满是汗水的额头。

很难相信这是大岛的妻子。想不到，这会是一个跟那么充满智慧，那么爽朗、人见人爱的男人一起生活的女人。

“那个人……每当一脸幸福的样子回来时，我就知道很危险。”

大岛的妻子，忽然放松下来，微笑着看着藤代。这是藤代第一次与她的目光相对。

“……这是怎么回事？”

藤代也看着她。那个笑脸是那样柔软，那双眼睛仿佛像是菩萨的眼睛。

“那个人做过好几次这样的事情了。在出事之前，总是看起来特别幸福的样子。肯定是在摄影部时，跟你们在一起感觉非常快乐。也许他是在那里找到了自己可以信赖的人。”

大岛的妻子依旧满脸柔软的笑容看着低着头默不作声的小春。这微笑中，还能看到过去曾经可能视作骄傲的美貌残留下的痕迹。藤代想，她在这长达五年的时间里，以美貌作为代价，一个人承担了大岛的负面能量。

“可是，那个人越感觉幸福就会越危险。他曾经边哭边告诉我，他回不到精神崩溃前的自己了。所以，伊予田小姐，请你不要介意。那个人，他是被死神追赶的人。无论走在哪条路上，他都会遇到这样的结局。”

雨点“啪啪啪啪”开始敲击玻璃窗。雨滴就像透明的生物，顺着玻璃窗往下滑。雨越下越大，很快就变成了倾盆大雨。

受不了沉默的藤代好几次朝走廊尽头的那间病房看去。可是，最后的最后，大岛的妻子都没让他和小春走进病房。

白色的雨帘覆盖了整个医院。在曾经读过的漫画中，雨一直下个不停的世界出现了。那是一本小祖喜爱阅读的漫画，放在活动室里。在那里面，雨水被形容成雨帘。读这本漫画的时候，藤代想，绝望这种东西，也许可以这样安静又美好地到来吧。在车站等出租车时，小春站在玻璃自动门的内侧，看着这个透明的雨帘。

突然，身后传来巨大的脚步声。藤代不禁回头看。是大岛正走下楼梯，从走廊跑了过来。是挣开妻子跑过来的吧。睡衣凌乱不堪，气喘吁吁。“小春！”他用沙哑的声音喊道。就像要逃跑似的，小春推开门冲出了医院。“小春！小春！”大岛大声呼叫着。小春跑过无人的停车场，在倾盆大雨中一路狂奔。藤代站在大厅里看着大岛的脸。发紫的嘴唇，微微颤动。一边颤动，还一边无力地呼唤着小春的名字。

藤代穿上雨衣，冲进雨中，拼命追赶小春的背影。一百米，两百米，拼尽全力地不停奔跑。小春头也不回，只是一个劲儿地往前跑。

大公路被来往的大卡车遮挡后，藤代迷失了她。他用袖子擦一擦淋湿的脸，四处张望。突然感到来自天上的视线，于是抬头一看。小春正在遥远的一处天桥上看着藤代，那张白皙的小脸看得出愁容满面。藤代只是呆呆地看着那个白色的身影，他感觉自己发不出声。已经赶不上了。看着小春的脸，藤代想。我，肯定追不上小春了。藤代站在原地一动不动，目送小春的背影缓缓消失在雨中。

从这天起，藤代就不再去摄影部。

从宾得那里知道，小春也没有再去。他们也不再去彼此的家里，也没有了邮件的联系。只有那些留在公寓房间里的小春的袜子和毛衣，静静地诉说着两个人曾经在一起生活过的事实。

小春打来过几次电话。

电话邮箱里留下了这样的留言。“最后想再见你一面。”

可是，藤代没有再联络。也许可以像任何事情都没发生过一样，重新再来。但是，他却无论如何也拿不起话筒。

于是，藤代就像逃跑一般，与小春分手了。

• 四 月 女 友

• *October*

十月的青空

原来，那个一直被死亡追赶，

一直逃离的左肩下倾的驼背，

最终还是没有逃离死神的魔爪。

这个国家的天气预报不可信。

天刚放晴，转眼又下起小雨来，才缓过神来，天又晴了。我想藤代你是知道的，我最喜欢下雨天。因此我也非常喜欢冰岛。

而且，此刻天也下着雨。窗外的托宁湖里有好多天鹅在游泳，湖上还罩着一道大大的半圆形彩虹。不过，没有人会因为看到彩虹而兴奋得大叫。这个国家的雨，每次到来都会带来彩虹。

我现在在一个叫作雷克雅未克的地方。

这是一座家家户户都是白色的小房子，房子上还架着红、蓝、绿色的房顶，像小模型一样的城市。

如这般安静的城市在三天前也是人潮如流。因为三天前召开了一年一次的音乐节。在这个音乐节上，冰岛出身的世界著名女歌手回家乡来进行了表演，还聚集了来自英国和美国的新潮摇滚乐队。

在他们在这个被七色玻璃所环抱的大演奏厅里进行演奏的同时，全冰岛的乐队和歌手们开始在大街小巷表演。

街角的小咖啡馆、冰岛编织物的手艺店、放满相片的木屋、被LP包围的影像店、旋转寿司的厨房，一到晚上，雷克雅未克的所有地方都成了演奏会场。各种乐器的声音重叠，整座城市被卷入音乐的巨浪中。我被这个像另一个星球般的雷克雅未克所深深地吸引，不由得夜里走上街漫步。美术馆的大厅、酒店的大堂、湖边，我就像在寻宝一样，四处搜寻音乐。

在这其中，我发现了一个特别喜欢的地方。

种满树的街道边的服装店。服装店的展示橱窗成了摇滚乐队跟人体模型肩并肩进行演奏的舞台。每一个小时轮换一支乐队，每次都跟穿着滑雪装的模特一起肩并肩演奏。模特也动了起来，一会儿弹吉他，一会儿唱歌。这副像小时候看到的木偶剧那样的光景把我深深地迷住了。一到夜晚，我就往服装店的橱窗处跑。就是在那里，我又一次遇到了他。

那是音乐节的最后一个晚上。

我像往常一样，站在服装店的橱窗前，看着跟模特并肩歌唱的二人女子乐队。想到今天过后就再也看不到这样的景象了，心里就觉得很不舍。为了看木偶一样的乐队表演，黑暗的夜色中观众来了又去。被橱窗的灯光所照亮的观众们的模样，像是在夜里徘徊的幽灵。站在这样的人群里，我也感觉自己仿佛变成了幽灵。一个身着黑色长衫的高个子男人忽然站到我稍微前面的地方看表演。那背影，不知为何感觉有些亲切。

浓密的灰色头发，左肩稍有些下倾的模样。毫无疑问，就是大岛。“大岛！”我不禁朝他的背影喊道。他离开了观众群，穿过大街走了。我追随着他离去的背影，奔跑起来，叫了他好几次，他都没有回头。

那个左肩有些下倾的驼背，走进瓦片屋顶的大楼里，坐上了电梯。确认了电梯指示灯停在四楼后，我也爬上了四楼。门打开来，里面好像是青年旅社的酒吧，酒吧的舞台上，一个被红色灯光照耀的白人男子正在深情满满地高声歌唱。

曾经我们在海湾演奏厅里看到的“胜利的蔷薇”原来在这里。

这个叫作“天井里”的青年旅社，各种管子直接在墙壁上毫无保留地显露着。铺着木地板的地上搭建了一个舞台。为了目睹一眼作为惊喜出场的他们，观众蜂拥而至，都聚集到这个狭小的会场里来。

“胜利的蔷薇”的演唱者预报，下一曲将会是最后一曲。

很快我就发现这是一首我听过的歌。在那个海湾的演奏厅里也有这么最后一曲。我停下了寻找大岛的脚步，静静地注视着表演。

“据说，冰岛里面有妖精。”

我回想起大岛的话，还有他那少年般的笑声。

我非常确定，虽然我看不到他的身影，但是他肯定在这个演奏厅的某个地方。我能感觉到他的存在。等我回过神来，已经被轰鸣的掌声所围绕。演奏完毕的“胜利的蔷薇”挥舞着双手，走下了舞台。掌声如雷，欢呼声包围了整个“天井里”。

外面的气温可能到零度以下了吧。

我口中吐出来的气息，在黑暗之中像白色的云朵飘浮在空中又渐渐散去。

各处的演奏都结束了，“幽灵们”沿着山坡往下走。与人流背道而驰的是那左肩有些倾斜的背影，缓慢地爬上坡。我颤抖着。为什么大岛会在这儿？我的脑袋一片混乱。我该跟他说什么好？

那天以来，我就没再跟他讲过话，就连见都没有见过。

我一直无法原谅他。为什么那次他要把我也拉下水？为什么要从我这里把藤代夺走？

可是，另一方面，我也感觉到了相同程度的内疚。

我明明知道大岛的好意，却假装什么都不知道，还跟他在一起。我虽然喜欢藤代，但是却总是不安：不知道藤代在想些什么；不知道藤代会喜欢我多久。所以，我想我肯定因此心里并不想放弃大岛对我的好感。我并没有意识到这样会让他最后崩溃。结果，最后我两个人都失去了。

走上坡道，只见黑暗的尽头有用石头搭建起来的教会。

几个巨大的石柱拼凑起来的塔尖。在山坡上孤零零地耸立着的尖塔像是即将朝向火星进发的火箭。

坡道两旁是熙熙攘攘的街灯，在白色灯光的照耀下，大岛缓缓地往坡道顶端走去。离教堂越近，人就越来越少。回过神来，只剩下我和大岛在这个坡道上了。我一边喘着气，一边和他保持着一定的距离。已经顾不上考虑什么问题，只是恍恍惚惚地往前走。

突然，眼前一片明亮。

我抬起头，只见黑暗之中，只有这教堂顶端的上空，是一片像白日般的蓝天。

就像大学时，跟藤代一起去看的雷内·马格利特展览会上的图片一样。

藤代，你还记得吗?

夜晚，一片黑暗之中，街灯点亮了千家万户的轮廓。可是，只有这上方的天空，有犹如另一个世界一般、白昼似的蓝天。

看那幅画的时候，虽然我知道画家描绘的是一个编造出来的世界，但我却把它当作了一个现实中在某处看到过的景色在欣赏。

冰岛里好像有妖精。我再一次想起大岛的话。神不在别处，就在身边。

蓝色的天空下，漆黑轮廓的教堂。

左肩有些下倾的背影在那里止步。沉默了几秒钟后，我缓慢地推开木制的门，进到里面。我跑到门边，拉开黑色的把手。门嘎吱嘎吱地打开，待我进去后又发出重重的响声自行关上。

一片黑暗之中，我可以听见咚咚咚的脚步声。我追随着那个声音，进入礼拜堂内。在那儿有高得出奇的天井，外面的声音被隔绝了，呈现出死一般的寂静。木制的椅子并排开去，巨大的十字架从天井上垂下来。这里仿佛空无一人。

突然，礼拜堂内发出巨大的响声。

我转身一看，背后的台阶上有架巨大的管风琴，犹如银色的火箭发动器，原来就是从这个我见都没见过的乐器中发出了粗壮美妙的音乐。我走上礼拜堂一侧的阶梯，朝那管风琴走去。白色连衣裙的金色长发女子正在演奏着。看到屏住呼吸迎面走来的我，她露出惊讶的神情，停下了手中的演奏。

“怎么了？”她问。我回答，自己正在找朋友。他刚才进来了。

“好奇怪，明明门上了锁的呀。”她轻声说道，用夹着冰岛口音的英语回答，“应该谁都没有来这里哟，除了你和我之外。”

我瞪大眼睛从二楼朝下面的座位看去。四处都看不到大岛的身影。他忽然就这样消失了。

我还是不肯放弃，于是告诉她，我要找的人是一个灰色头发，个子高高的，左肩有些下倾的男人。“没有看见。”她摇了摇头，笑着说，“你肯定是看到妖精了。不过，不必吃惊。在这座城市里，这种事情并不少见。”

离别时，我问了她弹奏的这首曲子的名称。因为旋律非常动人，我还想再次听到。

她说完，又继续用管风琴演奏起来。

离开教堂后，伴随着身后的音乐，我走下了坡道。忽然，我又转身看教堂，那里没有了蓝色的天空，只留下一片既没有星星也没有月亮的黑暗。

那天夜里，回到湖畔的酒店，我打开电脑，时隔三天，第一次查收了一次邮件。有一封来自宾得的邮件。虽然已经五年没有联系了，但不知为何，我看到后也不觉得惊讶。邮件里面写着他去年结婚了，有了孩子。实在不想放弃摄影的工作，于是先在一家小型照相馆工作了一段时间。可后来有了孩子，就中途离职进入了一家大型保险公司。宾得的信很有他的风格。前面是很长的前缀，在最后，添了这么一句。

“大岛出了意外，死了。”

三天前，在家附近的一个小十字路口，他撞到了汽车，被送到医院后还是没能恢复意识，当天夜里就去世了。大岛的太太为他举行了只有亲戚参加的小型葬礼，随后就给宾得打了电话。

他经常说还想跟那些家伙一起去海边，还想一起拍照。太太说，她想必须得把他的死讯告诉对他来说非常重要的摄影部成员们。电话中，她说的这番话，仿佛是在说给自己听似的。

我用力打开酒店的窗户。夜晚寒冷的气息钻进屋里来。

我控制住想要大声叫喊的心情，深深吸了一口气。

大岛最终还是没有逃离死亡。

我想，原来，那个一直被死亡追赶，一直逃离的左肩下倾的驼背，最终还是没有逃离死神的魔爪。

第二天早上一觉醒来，我发了高烧。

向酒店工作人员借体温计来一测，居然超过了四十摄氏度。

我一边在床上呻吟，一边看着浅蓝色的天井。随后我的意识就渐渐地从床上抽离开来，飘荡在我逛了数周的冰岛的土地上。

被彩虹所包裹的火山，从地下涌出温泉的火山，随处可见的蓝色冰河，无数海鸟展翅的悬崖峭壁，山坡上独栋建造的红顶教堂。我的意识飞驰在这片像把地球戏剧性地整合在一起的冰岛大地上。仿佛自己真的变成了妖精似的，跨越了冰河，来到了大海边。海边的沙是黑漆漆的一片，波浪却都呈现白色，像黑白相片一般的世界展现在我的眼前。

不知为什么，大岛坐在那里。就像那个夏天一样，他一个人坐在海边，一边弹着尤克里里，一边唱着歌。

他不停地重复着，唱着。

爱上一个人，像此地波涛汹涌的海浪般的情感，从说出去的那一刻开始就从浅色的梦变成了现实。心随着对方的反应而摇摆不定，那想规避痛苦结局的心情来添乱。难受、痛苦，即便如此，还是要爱上别人，这是为什么？

那天，大岛说过的话，原本已经忘得一干二净，可在此刻却又清晰地浮现在我脑海中。

为什么人们要恋爱？

我还没有找到能回答大岛这个问题的答案。

我感觉自己一直活着也没有找到答案。

最后，送你一张照片。

这是漆黑的海边沙滩的照片。

在这纯白色大海的另一头，藤代肯定在那里。

我怀着这样的想象，按下了快门。

伊予田春

• *November*

十一月的猿猴

让爱永远不终结的方法只有一个，那就是得不到爱。
只有永远都得不到这份爱，
才会永远爱下去。

“我要结婚了。”听到弥生说这句话时，藤代感到一丝心痛，与此同时也有一种被拯救的感觉。冬日将近，正是吐出的气息都开始变成白雾的时候。

在同一个大学的兽医学部宿舍里，藤代遇见了她。那是藤代实习期刚过，正式工作开始有着落的时候。

藤代所工作的大学附属医院和弥生在职的动物医院，相隔得有一段距离。因此，虽然在同一个大学内，但是双方几乎没有交流。几次奇妙的偶遇让俩人最终走到了一起。

那天夜里，菲律宾的女性被送到医院来。她晃动身子大叫，手脚扑腾猛烈抗拒。据把她送来的急救人员说，她突然辞掉了在俱乐部的工作，带着吉娃娃准备出国。当然，她在机场检验检疫处被拦了下来，可是她坚持要带爱犬一起出国。得知不被允许后，她就陷入这样精神错乱的状态。

藤代给这个一直折腾不听使唤的菲律宾女性注射了镇静剂，她才总算进入了梦乡。

她的爱犬被拴在医院外的柱子上，像圆规一样围着柱子跑。好像查出来她是非法滞留，明天警察来之后会被强制遣送回国吧。精神科的前辈医生说。小狗也许会被送到收容所去。

于是藤代联系大学内部的动物医院，询问能不能带走小狗。

接电话的是一名女兽医，告诉藤代先把小狗带到动物医院旁边兽医学部的宿舍去。

深夜的大学校园内，宿舍的灯光几乎都消失了，仿佛一座被遗弃的都市。这其中只有兽医学部宿舍的窗户亮着蓝白色的光。吹过宿舍的风带走人的体温，从鞋底传来的寒气让人真切感到冬季的来临。藤代用红绳拉着吉娃娃，进入校舍。刚一进门，突然一只肥胖的黑猫从台阶上跳了下来。

“不行，牡丹饼，不能到外面去。”

一个冷峭的声音从台阶上的黑暗处传来，叫住了猫咪。

藤代抬头一看，上面站了一位身着白衣身材纤细的女性。看上去比藤代稍微年长。烫了小波浪的长发用绳子绑在后面，大大的眼睛朝这边瞧来。听到藤代的声音后，立刻就反应过来对方是打电话来的那个人。这只取名为日式点心的黑猫，一副不服的表情转身爬上台阶。

“啊，我是藤代，刚才打电话来的。”

藤代举起红色的绳索。吉娃娃还是照样画着圆圈。

“我是坂本。来，请往这边走。”

弥生抱起爬上台阶来的黑猫。牡丹饼柔软的身体懒散地伸了一个懒腰后，就乖乖地躺在弥生的怀里了。

这是藤代第一次进兽医学部的宿舍。

仿佛是走进了动物园里，这里弥漫着动物的气味。砖瓦校舍中，旧石板路延伸着，奶黄色地板泛着光。蜥蜴、老鼠、鸟、狐狸，各个教室前面杂乱地陈列着动物的标本和解剖的草图。窗边晾着刚洗过的白衣。窗边还能看到巨大的供水塔，在被荧光灯照亮的中庭中央像 UFO 般发出耀眼的光。

“有这么好玩吗？不过就是一个破破烂烂的校舍而已。”

弥生东张西望地走着，一会儿看看藤代，一会儿看看吉娃娃。

“不，我只是在想，这里跟我们那边差别好大。”

“你指跟医学部？”

“对。”

“其实我们照顾的，都是动物。”

“确实。不过，这边感觉非常新鲜。”

从黑漆漆的走廊尽头，走来一只圆滚滚的白猫。“喵！”白猫发出微弱的声音。

“那个是大福。”说完，弥生看看怀里的黑猫，“这个牡丹饼就像这个校舍的吉祥物一样，大家一起养着。”

“大家一起养？”

“本来是不该这样的，可是迷路的野猫不知不觉间就在这里住下了。它不属于任何人，因此大家就干脆一起养了。”

“那么，这家伙是不是也可以加进来呢？”

藤代抱起吉娃娃，看着弥生。吉娃娃好像能听懂对话的内容一样，也紧紧地盯着弥生。

“那我们给它起个名字怎么样？”

“名字？”

“对。”

“不会又用日式点心吧？”

“你怎么知道？”

“因为，这里已经有一个大福、一个牡丹饼了。可是，你不会因为这种事情来决定要不要收养它吧？”

“这种事情？”弥生停下脚步，看着藤代。像是为了不打扰两人对话，牡丹饼从弥生怀里挣脱出来自己走了。“那你觉得该用什么事情来决定呢？”

吉娃娃也跟着从藤代的手上挣脱下来。藤代交叉着双臂，沉默片刻盯着窗外的供水塔，缓慢地吐了一口气，他决定耐心地说话，就像平日里开始诊疗一样。

“这只吉娃娃是我们精神科病房第一次送的小狗，不是吗？”

“这就成为收养的理由？”

“对。”

弥生鼻子里发出哼哼两声，看着吉娃娃。从校舍里面传来野兽嚎叫的声音。藤代看看走廊尽头被关得严严实实的门，想象那儿有在黑暗中缓慢踱步的大狮子的景象。又闻到一股野兽的刺鼻的味道。弥生沉默片刻，盯着吉娃娃，然后像给出诊断结果一样说：

“豆馅糯米饼。”

“嗯？”

“这只小狗的名字就叫豆馅糯米饼吧？”

说完，弥生第一次笑了，一副好像在说“唉，又多了麻烦事儿啦”的表情带着些讽刺的笑容。藤代觉得这笑容很好看。她蹲下身，抚摸着吉娃娃的眉间，那长长的手脚就像折叠起来一样。

她说：“如果那个菲律宾女人不来取的话，那这孩子就由我们大家来收养了哟。”藤代点头道谢，告诉弥生下次会再来看望。“什么时候都行。”她笑着，抱起吉娃娃。

结果，菲律宾女人没再回来，吉娃娃就变成了豆馅糯米饼。

藤代在休息的时间常常去兽医部的校舍，给豆馅糯米饼带狗粮，跟牡丹饼和大福玩耍。其实是想见弥生。她一直在动物医院工作，回到校舍时通常都是深夜了。工作结束回到宿舍时，藤代偶尔能遇到弥生。

那天夜里，藤代和豆馅糯米饼玩耍后正准备回家，只见弥生扛着大包的行李，从动物医院走了出来。她发现是藤代后，笑着解释道："这是打包回家的工作。"

藤代帮弥生扛起行李，急忙往车站跑。最后一班列车的时间马上就要到了。到最近的地铁口车站全是缓坡，两人并排走在刚好能容下两个人行走的狭窄人行道上。看到深夜里也络绎不绝的车辆，藤代也不得不感慨，这条路上，车才是主角，人行道这么狭窄也是没办法的。

两人的手臂几度触碰，藤代好像要瞒过什么东西，把行李换了一只肩膀扛。藤代侧眼看着弥生。弥生好像完全不介意的样子，只看着地铁信号灯赶路。

"藤代君，你有女朋友吗？"

到达地铁入口的时候，弥生突然问道。她比藤代年长三岁。知道这一点后，弥生就称呼藤代君了。

"为什么这么问？"

"你想知道我为什么会这么问？"

"嗯……"

"我身边有很多女孩想找男朋友。"

“啊……原来如此。”为了不让自己的情感被看穿，藤代笑着坦白道，“很可惜，我已经很长时间没有女朋友了。”

“为什么呢？藤代君不可能不受欢迎呀。”

“如果我知道为什么的话，我肯定就已经解决问题啦。”

“嗯，真是单纯的精神科医生啊！”弥生说，“不过，我有个后辈就喜欢这种温柔的男孩，下次给你们介绍一下。”说完，就像圣诞老人一样拖着大包的行李，走下地铁的阶梯。

看着这个背影，藤代有一种预感，自己可能会跟她交往吧。跟小春分手了六年，藤代都没有过女友。虽然有过类似女朋友的女性朋友，但结束后，感觉彼此就像是为了打发无聊而在一起了而已。跟好久没有吃一样东西，就会忘记这样东西的味道同样的道理，好久没有谈恋爱了，藤代都完全忘记了恋爱时自己是怎样心动的感觉。不过，只在这时，藤代分明感觉到了跟六年前一样的心动感觉。

这周的周六，藤代和弥生两人一块儿看电影。

银幕上是弥生的后辈之前说过想看的一部法国和意大利合资的电影。想在无装备潜水领域成为世界第一的潜水者与深爱他的女人，还有海豚之间的故事。这是二十多年前上映的一部在世界范围内引起过轰动的作品。以电子再版为契机，再次在大银幕上上映。

三个小时的时间仿佛在大海中遨游一样，被包裹在微微摇摆的舒适感觉中度过了。工作人员名单开始滚动。可是，最后的最后那个“喜欢温柔的男孩的后辈”还是没有出现。

在有乐街上热闹的烤肉店里，一边喝酒，弥生一边给藤代解释后辈没来的原因。每说一句话，就仿佛很着急的样子，深叹一口气。在酒箱上铺了塑料模制成简易桌子，桌子上放置的碗中装满煮熟的猪内脏之类的东西。

“我想跟你介绍的这个后辈，她是我们医院的新人。在为她举行的欢迎会上，大家正在喝酒的时候，突然聊起动物到底懂多少人的感情这个话题。”

弥生用纤细的手拿着一个有点过大的啤酒杯放在嘴边。

“你说的是喜怒哀乐吗？”

藤代也拿起同样大的酒杯，里面不是啤酒是威士忌。

“对对。这样也能组成恋爱故事。”

“哦，养宠物的人经常这样说呢。猫和狗都有这种感情的。”

“那只是把他们的宠物拟人化了而已。动物只有学习这种行为，这跟恋爱的情感是不一样的。想吃食物，想被人喜欢。动物们就是为了这个目的。而人们却自以为是地把这些行动理解为故事。”

“故事吗？”

“作为兽医，我觉得把感情移情到动物身上，这样反而不好。不过，这时候这个后辈突然说：‘我还是觉得动物也是有恋爱的感情的，人不能随便就断定它们没有。’”

“为什么突然这么说？”

“可能被她身边的一些相信精神理论的人影响了吧。这种事情很常见。可能是因为对于动物的爱太强烈了，人都变得有点神经兮兮。”

“最后他们就说你肯定不理解他们的心情，然后就哭出来了。”

弥生用方便筷子把切好的生姜放在烤猪肠上。

“对。再这样下去，变得尴尬了就不好了，所以，我就说‘唉，有这样的想法也是挺好的’，就把这个对话收了场。尽管如此，我一直以为今天会按照约定的进行，没想到居然突然就取消了。”

弥生一口气把猪肠放进嘴里，急匆匆地喝光了啤酒。这应该已经是第三杯了。

“确实，有些人可能是相信动物还是有感情的存在的。”藤代小声地招呼店员，指着弥生的酒杯，问店员要了瓶啤酒，“有可能还有人会跟动物结婚。”

“不，这可不是玩笑，是真的有这样的人。比如说那个跟海豚结了婚的女人等。”

“啊？海豚？”

“嗯。海豚。你在谷歌上一搜就可以找到。”

藤代在手机上输入“海豚”“结婚”等词，开始搜索。一搜便出现了穿着婚纱的白人女性跟海豚接吻的照片。有篇新闻上写着四十一岁的英国女性在以色列的旅游胜地跟海豚结婚了。这个女性是一名叫作莎朗的大富翁，海豚的名字叫作辛蒂。

莎朗一年里要造访几次以色列，在水中跟辛蒂相处时，爱上了“他”。于是，有一天莎朗就穿着婚纱到了海港边，跪在水中等待她的新郎辛蒂。在伙伴们的陪同下，辛蒂游到了莎朗的身边。莎朗拥抱着他，宣告爱的誓言，在观众们的欢呼喝彩声中接了吻。

“真是好玩。”藤代说。“是吧。”弥生微笑着。藤代打开一个个网页，有跟马结婚的美国男人、跟牛结婚的巴黎少年、跟猫结婚的德国男人，还有跟狗结婚的印度少女，等等。

“跟动物之间又不会存在因为性格不合、价值观差异等原因产生碰撞冲突，说不定还真的挺好。”

弥生像在自言自语，用手巾擦了擦嘴。

“也许无法沟通才能带来永远的爱吧。”

藤代皱着眉头表示同意。

穿过挂在入口处被用作门的塑料薄布，观光客模样的中年男子接二连三地走进来。用脖子上挂着的单反数码相机，开始“咔嚓咔嚓”地拍起照片。正在这个时候，弥生冷不防地说：“我，要结婚了。”这句话像一滴雨水落地一般。“当然，不是跟海豚结婚，而是跟人。”说着笑了。又像是为了消除这个微弱的笑声，正好这时啤酒杯被重重搁在桌上。

“恭喜！”

藤代目光也不看弥生，而是顾着把啤酒杯里的冰块剁小。

藤代胸口感到难受。尽管如此，看着那在远处绽放的烟花，还是感觉到跟被小春告白时感觉到的那种柔软的温暖的东西很相似。像是从即将掉入的深渊中被拉起来，被救起来的那种感觉。

“什么时候举办婚礼？”

“今年冬天。明明只有半年了，可是还什么都没定。”

“比较忙吧。弥生。”

“他只帮我决定了婚礼地点。但礼服、邀请函，什么都没弄。”

拍完一套纪念照后，中年男子们在座位上就座，指着沾满油脂的菜单点菜。紧挨在一旁的烤炉上摆放着一串串烤肉。在扇子的煽动下，炭火哧哧作响，瞬间店内被白色的烟雾笼罩。

“弥生小姐，你现在幸福吗？”

“我看起来不幸福吗？”

“没有。”

“那不就是幸福了吗？”

“是这样吗？”

“对，就是这样。而且，我对幸不幸福这种词语也并不感冒。这种词听起来不是很微妙吗？幸福这种东西又不是能够跟谁比较得出来的。”

“不过，我觉得至少比起跟海豚结婚来说，要更幸福。”

“那也是，还可以因为性格不合等问题痛苦呢。”

弥生哧哧笑着，喝干了第四杯酒。正在这时，头顶上传来地铁经过的轰鸣声。

这天夜里，弥生来到藤代的公寓。

在地铁的站台上等待电车时，两人开始聊今天看过的电影的话题。弥生说，她以往基本上没怎么看过电影，一直觉得跟自己的人生没多大关系。而藤代说，正因为没有关系才有趣，就给她推荐了几部电影。

爱上与人类几乎无异的安卓程序的刑警，为了跟上司的地下情而借钱的保险推销人员，爱上毁灭型人格女人的摇滚乐队贝斯手……电影的世界里充斥着各种复杂的恋情。弥生笑着说，现实世界其实也很相似，想要看这些电影。藤代告诉她，影像租赁店里就有。弥生说想现在就看。这时，两个人该坐的电车到达了站台。那就下次看吧。藤代说。好吧，那就下次。说完弥生就快速跳上了车。

看着电车窗上映照出来的自己那张蓝白色的脸，藤代想，该顺势把她叫到自己家里的。可是，即便如此，她半年后就要结婚了，叫了也没意义。她人生的决断已经做出来了。

等藤代回过神，发现手机在振动。是弥生发来的邮件，写着："我还是现在去吧，行吗？"藤代很快就回信道："在北口的出站口等你。"

在车站前面的影像出租屋里，弥生和藤代一起选了三张影碟。一起肩并肩坐在电视机前的沙发里，一边喝着从便利店买来的便宜的智利红酒，一边看电影。虽然是一个刚好够两个人并肩而坐的小沙发，但是故事并没有进一步展开。看到第三部电影时，筋疲力尽的弥生在沙发上睡着了，藤代轻轻地为她盖上毛毯，然后钻进了自己的被窝。

接下来的每周六，弥生都到藤代的公寓来看电影。在车站前的影像出租店租三部电影，两个人坐在狭窄的沙发上观看。《城市之光》《窈窕淑女》《曼哈顿》《新桥恋人》《剪刀手爱德华》《恋人们》《天使的眼泪》《几近成名》《绿洲》《水牛城 66》，电影的世界里全是纷繁复杂的爱情。与之相比较，两人所在的世界一片纯洁。然而思考自己身边这个人在想什么，这对藤代来说是比电影中还要心动的时刻。

藤代和弥生每次看完电影，都一边喝红酒一边讨论电影中的爱情。两人喜欢的东西总是不尽相同。喜欢的角色、美妙的音乐、打动人心的台词。不过，讨厌的东西却是一致的。装模作样的旁白、过多的电脑特效、自恋的男演员。藤代和弥生，比起喜欢的东西，在讨厌的东西上共同点更多。回想起来，藤代和小春分手后一直在寻找自己喜欢什么，跟弥生一起更多的是发现自己讨厌什么，这让藤代感觉仿佛找到了自己的归宿。

弥生举办婚礼前的一个星期六，藤代和弥生跟往常一样在影像出租屋里租了三部电影，一直从半夜看到天亮。

这一天最后看的电影是以动物园为舞台的英国电影。身为动物学家的双胞胎和被他们所吸引的女性，这些人之间发生的奇妙故事。电影快结束时，窗外已经渐渐天明。通常天明之后弥生都会坐早上的电车回家，可是，这天她却提出想去动物园的想法。“非常想看大动物。”弥生望着藤代，她的眼神清透明亮，完全看不出来熬过夜，“而且，今天可能是最后一次能跟藤代君单独见面了。”

藤代默默地点点头。最后一天总会来的。到这一天时，藤代已经做好了接受一切的准备。

郊外的动物园，虽然是周日但人烟稀少，却不知道为什么感觉狭窄。小时候，跟父亲一起去的动物园仿佛宽广得多，有数不清的动物聚集在这里。不知道是因为自己身体变大了，还是因为这个动物园太小了。

为什么会有跟那部电影一样的感觉?

在动物园入口附近的栅栏里，可以看见在同一个地方来回踱步的大猩猩，弥生说：“藤代君，你知道吗？大猩猩的血型都是 B 型。”

“不知道。所以说它们都有点易怒吗？”

“你这样说会得罪 B 型血的人哟。”

“不过，也难怪啊。”

“什么也难怪？”

“兽医嘛，难怪对任何动物都这么熟悉。”

“不，因为这里写着呢。”说着，弥生指着栏杆旁边的看板。看板上画着拍打着胸脯的大猩猩，在下方还写了几个“小知识”——出生于荷兰的十九岁雄猩猩，性格温驯。

“我是专攻小型动物的，对于大型动物并不太了解。”

什么嘛，原来是这样。藤代吃惊时，一直在同一个地点来回往返的大猩猩打了一个大大的哈欠。

两个人一起在动物园里散步，相互展示了各自的“小知识”。熊猫的尾巴是白色的、河马的汗水是红色的、长颈鹿一天只睡二十分钟、蛇的耳朵听不见等。虽然都意识到这是两人一起度过的最后一天，但依旧还是只看着动物，继续说一些无关紧要的话。

“不可思议。”

“什么不可思议？”

“相反。”

“相反？”

“对的。人们都觉得动物园是人来看动物的地方，但是我当上兽医后再来到这里，就觉得这里就像是人被动物们观察的地方。”

被水泥和铁栏围起来的动物们像是表演戏剧用的小道具似的，一动也不动，只有眼睛追随着路过的人群。每一只眼睛中都没有意识，只留下一种习惯而已。只有跟在兽医学部校舍里所闻到的同样的野兽味和听到的气息声，让人感觉这里还存在生命。

“弥生，你是变成动物的视角了呀。”

“有可能是职业习惯导致的。”

藤代看着从栅栏里伸出长长的脖子望着这边的长颈鹿。

“看起来你们比我们还要无聊啊。”

弥生模仿眼前正在吃草的长颈鹿的嘴说话，开玩笑地说。

“是吗？”

“也是啊，虽然你们在栅栏外面，但是看起来并不自由。”

可能是弥生模仿长颈鹿的样子，让它不快了吧，它停止吃草，往栅栏的里面走去了。

花了一个小时的时间围着动物园转了一圈后，藤代和弥生在园中央的猴山前的长椅上坐下来。弥生一边叫着“热死人了”，一边解开围巾。与动物园里野兽味形成鲜明对比的，是她脖子上花香般的味道，还有那又白又细的脖子。藤代不禁移开视线，还解开了一个胸口的纽扣。两人一直不停地走，体温整整升高了几度。藤代在长椅旁边的自动贩卖机买了矿泉水和冰茶，送到弥生面前。

“藤代君，你为什么决定当精神科医生呢？”

弥生选择了冰茶，并问道。猴山里有大大小小的日本猿猴，或在睡觉，或在整理毛发。据说在猿猴的世界里，有很多细小的规矩，但是在藤代的眼里，这里就像是没有统一管理的村落。

“六年前跟交往的女朋友分手之后，我就离开了所属的摄影部，全身心埋头学习，那时候就不自觉地意识到自己只剩下这个东西了。不过，在挑选学科时，并没有想到精神科会有这么多怪人。”

“确实怪人一大堆。”

“是啊。什么割腕自杀的前辈呀，患上失眠症的同期同事之类的。”

“干医生这一行的，都是在精神世界的危险边缘的人。我之所以能够平淡地在这个世界里生存，是因为我本来就是容易混乱的人，所以只是用强烈的意志在保护那个危险的自己。”

“我可能也是这样。不过，我可能已经在某些地方出现异常了。”

“看不出有什么问题。”弥生喝了一口冰茶。“不过，来我这里的患者们几乎都说自己是正常的。”藤代反驳道。眼下，一只小猴子追着另一只更小的猴子，在水泥地上咕噜咕噜地转，看起来像画了一个茶色圈圈。

“那藤代觉得自己哪里有问题？”

“最近我经常在思考这个问题。”

“得出结论了吗？”

“还是懵懵懂懂的。”藤代一边看那茶色的圆圈一边说，“怎么说呢，找不到自己想要的东西。或者说，没有什么执着想要追求的东西吧。”

“一直都这样吗？”

“可能是的。跟女朋友分手后，一直都是这个状态。不，有可能是出生以后我都是这样的吧。只有跟女朋友交往的那段时间例外。”

听到橡胶在水泥地上摩擦的声音，藤代抬起头来。回过神，发现两个人坐着的长椅前面，站着穿着鲜艳的蓝色工装的年轻男子。脚上是白色长靴，头上随意地包着毛巾。可能是饲养员吧，他手上提着装满苹果的铁篮子。看着熟透了的苹果，弥生问道：“你很喜欢她？”

“可能是的。不过，是我放手了。”

“你自己放手的？”

“是的，没有紧紧抓住那个逐渐远离的她。”

发现饲养员后，猴子们一口气全部聚集到栅栏边来，一起仰望天空，等待着这可能从天上落下来的苹果。

“我们两人一起单独去过一次海外旅行。本来我们是打算在印度最南端的科摩林角一起看日出的。可是，我们没能看到就回来了。”

“为什么？”

“为什么啊？现在想来，那时明明也可以多住几天的。可是那时，我们都相信任何时候都可以再来，确信我们的爱情会一直存在……明明什么保证都没有。”

“我觉得，无论什么恋爱都是这样的。”

弥生盯着抬头看天空的猴子们。藤代打开矿泉水的瓶盖，喝了一点水，又慢慢地环视了动物园一周。无数的动物在栅栏里面，像是在寻找谁一样，不停地四处走动。对于动物们来说，它们会有命定的对象存在吗？会永远相信跟这个对象的相遇是特别的吗？

“真不可思议。明明恋爱这种事肯定会在什么时候就终结的。”

“真的是惹人烦的本能。我也是，喜欢上某人然后又分手，然后又交往然后又分手。明明知道悲剧的结局会到来，可还是重复着同样的事情。这方面学习能力低下到连这里的动物都不如。”

“可是，弥生你要结婚了啊。”

“是啊。也许就是通过结婚来结束这个循环吧。”

“我很羡慕你能找到让你有这样想法的人。我的本能好像已经崩坏了。这种心情已经不知道消失到什么地方了。”

“消失了吗？藤代君，为什么能说出自己爱过这个人？你确定自己曾经被爱过吗？”

忽然，藤代脑海里浮现出咖啡的照片。小春一副愤怒的表情拍了数张咖啡照。杯子里焦黄的液体中，追随着藤代的记忆，小春的照片一张张地浮现出来。在昏暗的天空上飘浮的橙色云朵、一边哭一边笑的孩子、雨中照在路口的太阳光、浅色的世界里欢笑着的自己的侧脸。

“……跟她在一起能共享很多喜欢的东西。开心的事情、高兴的事情、觉得美好的东西。”

“仅仅就是喜欢同样的东西，就感觉到这是命运，就觉得幸福无比。我也有过这样的时期。”

“不过，自己都还没回过神的时候，事情就发生了反转。”

“反转？”

“是的。就像照片的负片一样。随着时间的积累，就会被对方隐藏的部分所吸引。而这隐藏的部分，大多都是这个人的弱点。”

饲养员开始往栅栏里投放篮子里的苹果。只见几条红色的抛物线徐徐往猴山里下落，疯狂的猴子们纷纷开始抢夺苹果。红苹果一个个被掰开，露出白色的果实。一丝甜甜的香气飘来。

“我觉得这可能像是神经衰弱那样。一边一起消耗时光，一边翻开一张张背面朝上的纸牌，找到跟自己相同的部分。无论是美丽的地方，还是脆弱的地方。可能就是这样一点一点地喜欢上某人。”

“可是，从女人的角度看，女人总是对男人那么少的纸牌感到失望。男人那些看不到的地方又少，总之手段少。这样一来，游戏就没法儿继续了。等纸牌全部翻完的时候，就会感到不安，还有没有剩下的该玩的游戏啊？”

弥生盯着下方继续搏斗的猴子们。猴子们像沸腾了一般从猿山跑来，伸出手，相互争斗，然后又离去。这个样子仿佛是一只巨大的茶色怪物一会儿伸展，一会儿又收缩身体。

“弥生，你爱你的未婚夫吗？”

“可能吧。”

“幸福吗？”

“藤代君，又在问同样的问题了？”

“不好意思，好像是的。”

“我想至少不是不幸吧。”

弥生边侧眼看着藤代，边笑着。

藤代一直盯着她的侧脸，慢吞吞地吐出一口气说道：“不过，弥生，你好像并不太幸福。”

弥生用淡茶色的瞳孔盯着藤代，沉默了片刻。数秒的沉默后，她突然从长椅上站起身来，向饲养员走去，向一脸疑惑的饲养员要了苹果。“我也想给它们喂一个。”交涉的结果，弥生得到了一个苹果。她拿起苹果朝着藤代大声喊道：“现在我们来打个赌吧！”

藤代被弥生这突如其来的一声吓得吃了一惊。

饲养员也一脸困惑，环顾了一圈周围，提示弥生注意。越来越多的猴子跑来争抢苹果。

“我们来赌一下，哪只猴子能够吃到这个苹果。”

弥生丝毫不介意，继续说道。

“好的。那我们赌什么？”

被弥生的气势所牵引，藤代小声地回答。

弥生把苹果往天上一抛，然后又抓在手里说：“如果我赢了，下周还跟藤代君见面。”

“如果我赢了呢？”

“那我们就再也不见面了。怎么样？”

“感觉这么悲情。”

“对，就是悲情。不过，很带劲儿吧。”

“这么重要的事情用猴子来决定，行吗？”

“那你觉得该用什么来决定？”

“的确，让猿猴来决定也许刚刚好。”

藤代心里扬起一股笑意，心想这才是弥生做得出来的事情啊。毫不犹豫的眼神、俏皮又饱含笑意的美丽嘴唇、热情满满却又清透的声音。这个时候，藤代发觉，原来她的这些地方正是自己所需要的。

弥生白皙纤细的手指像鹰爪一样伸开，紧紧抓住苹果，像是抓取未来一般。这个手中的苹果泛着红色的光。

第二周的星期六，弥生撕毁了婚约，当天来到了藤代的房间。之后的三天三夜，两人就像被卷入了大风大浪之中，在旋涡里逐渐融为一体。班也不上了，电影也不看了，几乎也不怎么吃饭，只是一个劲儿地不停做爱。

第三天的深夜，两人一起看了偶然打开的电视上播放的意大利电影。讲的是一个叫作藏巴诺的粗野旅行艺人，购买了一个淳朴少女来当他的演艺助手，藏巴诺虽然爱这个少女，但依旧对她残暴凶狠。他的心渐渐地变得柔软，最后抛弃了她。几年后，在海边的城市藏巴诺遇见了哼着杰尔索米娜曾唱过的歌曲的女人。藏巴诺问杰尔索米娜在哪里，女人回答："她已经死了。"藏巴诺蹲在海边号啕大哭。

藤代在小床上抱着弥生看完了这部电影。弥生在藤代的怀中哭了，那样子看上去既悲伤又充满了希望。

"藏巴诺并不是因为思念杰尔索米娜才哭了啊。"眼泪也不擦，她继续说，"我觉得，是因为没有得到手，所以才会一直都觉得怜爱。"

藤代正准备说"确实是这样"，又立刻止住了口。让爱永远不终结的方法只有一个，那就是得不到爱。只有永远都得不到这份爱，才会永远爱下去。

藤代想，这一刻终于有了跟弥生共同觉得美好的东西。这正好是三年前的十一月。

四月女友

December

十二月的孩子

“如果是真正的爱，表现出来，
应该是不够光鲜亮丽，
也不够精明的。”

椭圆形的飞船飘在蓝色的天空中。

船体上画着的白色狗狗抱着一个大大的桃心。深受美国人民欢迎的这个卡通形象闭眼微笑着，还轻吻着红色桃心。鳞次栉比的高楼大厦在太阳的光辉中闪闪发光。飞船在高楼的上空，飞行的速度比藤代想象中还要缓慢许多。

藤代站在高层公寓的客厅里，目不转睛地盯着这缺乏现实感的光景。被窗户框所框起来的世界犹如电影中的一幕。纯坐在藤代家客厅的桌子旁，望着对面的藤代。这天弥生却不在。

“哥哥，接下来该怎么办呢？”

纯露出浅浅的笑容，她身着白色微高领针织衫，下面是淡粉色荷叶裙。

饱满的胸口上方，做成四叶草形状的白蝶贝项链在晃动。

“总之，只能找一找了。”

一边喝着白色马克杯中的咖啡，藤代一边轻声地说。黑巧克力的香味在房间里飘荡。只有这个微苦的香味勉强向藤代传递着这里是现实世界的信息。

“婚礼呢？”

“总之，就像现在这样吧。”

“也是，邀请函什么的都发出去了。”

纯像事不关己似的，笑了笑。藤代也不由得想要附和着笑，可是强忍住了。就连这种时候也很容易产生共情，这难道是精神科医生的职业病吗？还是自己生来就有这个天赋？藤代已经分不清。

弥生已经一周没回来了。

上周五的晚上，她突然消失了。衣服和包包都原封不动地留在家里，只有她独自从家里消失了。现在在哪儿？什么时候回来？我很担心你，只要给我说一声就好。藤代发了好几次短信，打了好多通电话。可是，弥生却完全没有回应。藤代打电话去她工作的地方，也只是被告知她请了长假。困惑的他在客厅里来回踱步，伍迪·艾伦在他的脚边用浑浊的声音不停地叫。

昨天夜里，原本定于周末与婚礼策划师的面谈，藤代也打电话取消了。本来已经到了本应四个月后要举行的婚礼的最后准备阶段。挂断跟策划师的电话后，藤代联系了纯。因为除她以外，没有别的可以商量的对象了。

“对不起，我真的不知道任何线索。”

纯看着默不作声的藤代，恢复了严肃的表情回答道。

“算了。没事。我突然把你叫出来，我才该说抱歉。”

藤代轻声地说。

“姐姐……她怎么又干出这种事情呢？”

“又？”

“对啊。难道不是吗？三年前不是也做了同样的事情吗？”

“啊，对啊。”

“你忘记了吗？”

“不，因为那也是我的错。”

“不管怎么样，姐姐都会逃的。”纯又喝了一口咖啡，杯子上沾上了粉红色口红印，“她总是在最后时刻逃跑。从大学时代起一直交往的男朋友，也说要结婚来着，结果在最后她就逃了。所以，算起来，这次已经是第三次了。”

“这事我还是第一次听说。”

“哇，对不起。哥哥你原来不知道呀？别担心。虽然她可能会消失一段时间，但从来没有不回来过。只不过，是不是会跟哥哥继续走下去，这一点说实话，我就不敢保证了。”

说着，纯又笑了笑。是该对纯的态度表示生气吗？可是，藤代自己似乎也感觉有一种事不关己的滑稽感。他安慰自己，这不是现实，是一个很快就要苏醒的梦。

“我觉得责任在我。”

“什么责任？”

“没有好好跟弥生正面沟通。我觉得找到她之后要就我们将来的事情跟她好好交谈一下。”

“哥哥，你真的这样想吗？”纯稍稍地往前一凑，盯着藤代说，跟姐姐一样的浅茶色瞳孔在发光，“你从心底里希望她能回来？你能充分说明自己哪里做错了吗？在我看来，你只是在本能地随口说一些自我反省的话而已。”

一口气说完后，纯眯起眼睛。藤代没法儿回视这双眼睛，于是把视线移向窗外。飞船飘动在蓝色的天空中，抱着桃心的白狗在刚才同样的地点闭着眼睛微笑。感觉窗外世界的时间仿佛已经停止了，依旧还是没有身处现实的感觉。有可能是因为搜遍了整个身体的角落都找不到失去弥生的绝望，以及切实的需要她的心情。

“我觉得姐姐可能一直在勉强自己吧。即便用理性来控制着各种东西，可是总有一天身体还是会跟不上。”纯一边看着走廊，一边说。藤代追随着她的视线朝里看。卧室有两扇门并排着。从刚才伍迪・艾伦感觉到纯的存在以后，就躲进了弥生的屋子里不出来了。

“头脑敌不过身体？”

“姐姐肯定越来越搞不明白哥哥你在想什么了。”

“弥生是不是察觉到了我跟你之间的事情？”

“姐姐，她知道我跟哥哥之间说过什么话，同时也知道我们什么都没发生过。”

纯用拇指擦去沾在杯子上的粉红色唇印。难得地见到了她的指甲没有涂过的时候。

“是这样吗？”

“就是的。唉，这事跟姐姐没什么关系，我只是对哥哥有点儿兴趣而已。因为，从一开始我见到哥哥的时候起，哥哥就是一个让人搞不清楚你在想什么的状态。所以，我就试了试你，想找出这个人到底想要什么。”

纯望向窗外，哧哧地笑了，丰满的胸口上的四叶草形状的项链又一次晃动起来。藤代感觉那飘浮在空中的飞船，好像移动了一些。

“可是，结果不行。”

“什么不行？”

“我已经做不到了。”

“怎么回事？”

“怀孕五个月了。”

纯的动作像跳舞似的，轻轻地将手掌放在肚子上。

“吃了一惊？”

“恭喜你。”

藤代边看着纯那没有涂指甲油的指尖边笑道。

“跟哥哥吃了寿司回到家后，我时隔四年跟松尾做了一次爱。有可能是我醉得厉害吧，一回家，我就把鞋子脱了往旁边一扔，不洗澡也不换衣服，就往他所在的地方走去，把他的睡衣脱掉，我们就这样做了。松尾还吓了一跳。他很可爱，还好几次问我：‘可以吗？’‘真的可以吗？’我告诉他：‘我突然很想要。’我吻遍了他的全身。他一边说舒服一边颤抖着流下了眼泪。三分钟都没到，很快就结束了。为什么会这样，我到现在也没太搞明白……可能是我不得不这样。于是结果就变成这样了。”

纯一边揉着自己的肚子，一边笑，白皙的脸庞泛起红晕。她的肚子微微拱起，形成一个舒缓的弧线。

“我可以说这样真好吧？”

当然可以，纯点点头。

“一直以来，我都觉得爱是可以分配的东西。给这个人一点儿，给那个人一点儿，给大家都相同程度的爱。不过，我现在感觉自己终于找到了无法分配的爱。这个孩子肯定能成为我命中注定的人。”

纯缓慢地往窗外看去，像是在向肚子里的孩子说。藤代也跟着望向窗外。

飞船消失了。

就像被神给藏起来了一般，消失得无影无踪。是升到天空上去了吗，还是飞速飞到前方去了？藤代四处张望，却依旧不见踪影。飞船消失后，这个世界仿佛突然就回到了现实中。藤代呆呆地看着那一座座闪闪放光的高楼大厦。忽然，只见那远处的圆筒形塔楼背后，飞船缓缓露出了身影。纯轻声说：“原来是被阴影遮住了。”藤代苦笑道：“不可能突然就消失的。”他又喝了一口咖啡。已经完全凉了的咖啡，让人感觉有些苦涩。藤代和纯都只是默不作声地看着这个再次失去现实感宛如虚幻世界般的世界。

“讨厌！回来！”体态瘦弱的青年突然站起来叫道。

他像孩子一样哭个不停，在诊室的墙壁一阵捶打，踢倒诊室里的椅子。藤代安安静静地走近他，抓住他的手腕。奈奈从背后抱住他。“为什么！回来啊！”青年不停挥动着手脚，在地板上翻滚，察觉到骚动的护士接二连三地赶到诊室来。瘦弱的青年就像看到了怪物般睁大了眼睛，突然使出更大的力气，挣脱藤代的手。青年挥动着重获自由的手臂，只听“咚”的一声，一拳打到奈奈脸上，她那巴掌大小的脸被打肿了，整个人摔倒在地。

“对不起，我没按住他。”

藤代结束诊察后来慰问躺在医用病床上的奈奈。

“不，也是我自己不注意，没想到三好先生会变成这样。”

“他最近都很老实，所以我也大意了。”

藤代看着奈奈还红肿着的脸颊，再过几天，那里会有一道疤痕吧。

“我做好了心理准备，只要做了这个工作，总有一天会遇到这种事情。不用担心我。不过，藤代先生，你最近好像有点儿奇怪哟。”

奈奈用她那有着深深的双眼皮的眼睛看着藤代。

“奇怪？”

“或者说，总感觉你眼神没焦点。”

焦点吗？藤代叹了口气。藤代没有跟奈奈讲过弥生的事情。虽然知道藤代的未婚妻是兽医，但是除此之外，藤代并没有告诉过奈奈别的事。当然，弥生不见了的事情，奈奈也不知道。藤代觉得原本解决患者复杂人生中的问题就已经够他们忙的了。

“上次过后，就一直没有听到过你的朋友来找你商量的事情了。”

“你说的是被未婚妻的妹妹求爱的事儿？”

“对对。那件事情后来怎么样了？”

奈奈想让藤代继续讲“朋友”的事情，于是从床上坐起身来。

“那个妹妹好像已经怀孕了。”

“你朋友以非常现实的方式失恋了呀。”

“不知道算不算失恋。不过，心里松了口气。”

“也许是吧。”

“那个妹妹好像说，肚子里的孩子会成为自己命中注定的人。”

“命中注定的人啊？”

“她说，她可以毫不怀疑地相信，那个孩子会绝对爱她的。”

“可能是她觉得孩子跟男人们不一样，不会简单地就离她而去吧。”

奈奈把身子靠在床的靠背上。

“她甚至还说自己找到了一种永远不会分离的爱。”

藤代说完，还增添一句：“可能是她对宝宝的期待有点儿过头了吧。”

“不过，她所说的话也不是不能理解。”

“怎么说？”

“要相信跟你在一起的人确实是很困难的事情。”

楼顶传来直升机在医院上空盘旋的声音。傍晚的医院迎来安静的空隙，除了广播的声音以外，人声都听不见。在狭小的医用病房里，只听得到奈奈低沉又清透的声音和直升机螺旋桨的声响。

“想要吸引某人的注意时，人总是能够变得温柔，充满魅力。可是，这不过是一段时间的事。得到手之后，就会变成表面的不负责任的温柔。”

“你还是一如既往地毒舌啊……我觉得肯定也有人不是这样。”

“大部分人的目的都是被爱，而不是爱别人。”

“确实。”藤代继续苦笑，说，“这点我无法否认。”

“而且，一旦对方心意有一点儿疏漏的地方，就会觉得这是不够爱自己的证据。无论是男性还是女性，都把希望自己温柔的行为或者被异性所喜欢的这样的愿望跟真正的爱，搞混淆了。”

奈奈把腿从床上伸下来，裸足伸进塑料凉鞋里，向窗边走去。从病楼的窗户边可以看到道路上一片堵塞，车满为患。在橙色夕阳的照射下，车辆一律被染上黑色，变成黑影。看起来犹如一条黑色巨蟒在蠕动。

“因为真正的爱，应该不是这样的。”

“如果是真正的爱，表现出来，应该是不够光鲜亮丽，也不够精明的。”

“也许是的。”

“男性只是表面上去爱，女性就只能把孩子当作自己命中注定的人了。”奈奈继续淡然地说。仿佛变得感情用事的话，对她来说就是犯罪似的。“这个妹妹，恐怕她自己也知道通过性关系来确定爱与不爱是办不到的。确实，其中是不是包含爱，这是怎么也无法了解到的。

“而且两个人是不是彼此都抱着同样的想法，最终也无法确认。”

挤在弯道上的车辆开始移动。奈奈是否也像藤代一样把那车辆组成的长龙看成了黑色的巨蟒呢？

“我的朋友，他的未婚妻逃婚了。好像并不是因为跟妹妹的事情被发现而发生的。”

“是被看出来，他并不爱她？”

“不知道。”

“自作自受。”

突然，奈奈用她那低沉又清透的声音小声说。

“嗯？”

藤代不禁反问。

“啊，对不起。”

奈奈微微低下头。

“自作自受。”藤代念出了口，表情却略带僵硬。

“其实，这不是朋友的事情吧，是你自己的事情对吧？我知道，因为我也很拼命地在做这个工作。”

你果然优秀。藤代忍住了想说这句话的冲动。取而代之，报以微笑。只见奈奈好像想起了什么事情似的，盯着藤代。这时，医院里刺鼻的消毒水气味飘来。

“先生，你知道我为什么无法跟男性在一起吗？”

“为什么？我想不出原因。”

“我也是自作自受。”奈奈缓慢地又躺回到床上，继续说，“因为我也是患者。”

“是因为移情之类的原因吗？”

“有可能只是转移而已。不过，有一件很清楚的事情，就是与他相遇之后，我谁都不能爱了。”

说完这个前奏后，奈奈就开始缓缓道来自己的故事。就像并不是为了讲给谁听，而是为了整理自己的心情。藤代看着她的侧脸，镶在深深的双眼皮里的那双瞳孔，在微微地抖动着。

那是奈奈刚成为精神科医生时，她在京都的一家医院里诊治一名患有摄食障碍的高中生。那是一名拥有白皙透明的肌肤、栗子色的头发、细长眼睛的美少年。这个少年每隔两天来诊察一次，把自己的身体和生活，所有的痛苦都告诉奈奈。不知道该吃什么而烦恼，一直失眠的事情；感觉在学校无聊，但又装作很开心的样子；父亲常年出轨，而母亲虽心如刀割却装作什么都没发现的样子。“医生，你是我最后的救命稻草。”少年说，“因为有医生在，所以我总算能勉强活在这个世界上。”奈奈用尽全力接受他的心情，全身心地投入到对他的诊疗之中。当时，她还有一个交往了两年的当内科医生的男友，渐渐地奈奈无法享受与男友在一起的时光，最后只好以分手告终。她就是在帮助少年的事情上花费精力到了这种程度。

然而，奈奈却被突然告知要让她调剂。那是她自己所期望调动到的东京医院。那天，她基本上没睡着觉。无论如何都放心不下少年，好几次都从梦里醒来。她一直在询问自己的内心：我把那孩子当成什么了？一番思考后，奈奈接受了调剂。她比什么都更害怕一直像这样下去，连自己也会慢慢控制不了自己。

一口气说完后，奈奈轻轻触碰了一下自己脸上的伤痕。可能是因为还疼吧，她的脸突然猛地晃动了一下。她用那白皙纤长的手指抚摸着自己红肿的脸。

“我把自己要调剂的事情告诉了那个孩子。他沉默了片刻后说：‘今后我要靠什么才能生活下去啊？’说着就哭了起来，泪珠从他清瘦的脸上接连不断地往下落。‘请您帮助我。’他一次又一次地用颤抖的声音呼唤着。面对这样一个孩子，我感觉到心底的热情在往上涌。这是我第一次感觉到的热情。有可能这是一种跟性欲相接近的热情。我有一种想要把那个孩子抱住并亲吻他的冲动。对少年患者抱有情欲的我，是不是已经疯了？或者这份感情只是一种很纯粹的东西？我反复思考，不得其解。不过，我没有抱住他，就连他的身体都没有触碰。那个时候的心情该用怎样的方式表现出来，就连现在的我也毫无头绪。”

如果这个不是爱，那该怎么称呼这种感情？藤代想。小春、弥生，还有纯，以及在眼前一直讲话的奈奈，她们的表情在藤代的脑海里闪过，各种爱的模样和爱的残酷让藤代惊讶又感到无力。

他不觉得奈奈的选择是错误的。作为精神科医生，她的判断切实靠谱。丢弃了自己的爱，保护了患者。藤代望向窗外，太阳开始落山，夜幕渐渐展开。弯曲的道路上，依旧是川流不息的车辆，开着红色尾灯的这些家伙看起来犹如另一种生物扭动身躯。

“我和那个孩子最终还是没有超越患者和医生的关系。目送他走出诊室的背影，我发现不知不觉中自己已经泪如雨下，连站都站不起来，哭得气喘吁吁。从那以后，我就再也不能跟男性接触了。我尝试过几次接受对我抱有好感的人，可是，身心依旧无法允许男人的触碰。我渐渐地明白，我遇到了唯一的那个人。那个孩子太特别，其他的人都无法成为我的选择。我无法跟男人在一起的原因，可能是我觉得除了那个孩子以外，所有人都是一样的。”

说完这番话后，奈奈深深地吐了口气，躺在床上。那如瓷器般细长白皙的手脚在床单上自由地伸展。藤代想，如果触碰之后会发生什么事情呢？可是，却没能伸出手。

藤代往窗外望去。高个儿的男女肩并肩走在狭窄的道路上。肩膀相靠，脚步迅速。藤代想，这景象仿佛在哪里见过。呆呆地看了一会儿后，他突然意识到这个背影就像三年前的自己和弥生。那时，他和她向同一个车站走去。急切的步伐，向前行走。确实有那个时候。

“为什么我们可以治愈他人的病，却无法解决自己的问题？”

藤代看着奈奈的侧脸问。

“不光精神科医生是这样。无论是谁，在面对别人的问题的时候，也许都能够给出非常中肯的建议，但面对自己的问题时却无法解决。”

奈奈一动不动地盯着天花板回答。

尤其是关于爱的问题，藤代点点头。

“唉，不过……究竟有没有解决他人的问题也……”

“怎么回事？”

“不是经常有吗？比方有因为婚外恋而烦恼的女朋友，大家都会给她建议，说她是在浪费时间，劝她赶紧撤退。”

“是啊，经常会有。”

“虽然说的内容有可能是‘正确的’，但是无法真正拯救为此烦恼的朋友。”

“确实都像是些人工智能也能给出的答案。”

“是啊。这样的话是无法拯救别人的。”

“也就是说，我们的工作也只是眼下安全而已，将来也可能会被人工智能取代？”

“好消息对吧？”

突然，门开了，身着白大褂的年轻医师走了进来。不规整的头发，一副像混血儿一般的面容，这个青年好像在哪里见过。啊，对，是今年刚到医院来的年轻的外科医生。可能是刚做完手术，到这里来休息了。他看见躺在床上的奈奈，还有旁边站着的藤代，惊讶地小声地说了句：“啊，对不起，我待会儿再来。”说完，就急急忙忙地关上门离开了。

“被他怀疑了吧？”

奈奈强忍笑意说。

“有可能被怀疑了。”

藤代没忍住，笑了出来，“那该怎么办呢？”

“我去给他解释解释？”

“都可以。反正所有的恋爱都是像误解一样的。”

“恋爱什么时候都让人感动，是因为它已经超过了人的智力范畴了吧？”

“所以才有趣嘛。人类是一种无法被自己能想象到的东西所感动的物种。”

“唉，我们也是因为无法解决自己的问题，所以才选中这个工作的呢。”

奈奈边从床上坐起来边说。对，藤代得意地笑了。

“精神科医生这类人，或多或少自己都是病人哟。大部分的精神科医生都很不可思议地会选择跟自己问题相同的领域，然后诊断跟自己相似的患者。我们看似在治愈他人，其实说不定只不过想治愈自己而已。”

远处有电话响了。是不是急救电话？像是在寻求急救的电话反复响了五次、六次。藤代听着声音。七次、八次。可是没有任何人应答。

“今天让我早一点儿回去吧。”

回过神来，奈奈从床上站起，穿上挂在衣架上的黑色长衫。

“明天也休息吧？你脸还肿着。”

“不，明天我要来。有需要就诊的患者还等着我。”

见奈奈往门口走去，藤代叮嘱道：“不用勉强自己。”话音刚落，只见奈奈突然停下脚步转过头。

“藤代先生，谢谢您。”

“怎么了？”

“今天我第一次跟人讲出了我的那件事。一直以来都没能跟任何人说出口。”

奈奈像逼着自己继续说：“我曾经决定不向任何人说出这件事情，可是我现在想能告诉先生您真是太好了。这让我意识到，他早已经成为过去，比我自己意想中的还要更远的过去。”

说完，奈奈那带着伤痕的脸上露出了笑容。可能是又疼了，她的脸皱了一下。“先生，请您跟您的未婚妻也好好地沟通一下吧。”说完就关上了门。

等藤代回过神来，电话声音已经没有了。是谁去接了吗？还是电话那头的人放弃了？只觉得在这医院里还停留着一种需要救赎的气息。

那天夜里，藤代在车站前的家庭餐馆里就完餐后，在便利店买了东西回到家中。面包、牛奶、鸡蛋、西红柿，还有买来备用的厕纸和垃圾袋。两手都大包小包的状态下，好不容易从邮箱里取出邮件，打开家门，“啪啪”两声把鞋子脱下，走进客厅，把街边收来的广告单和信一起往桌子上一扔。新公寓的广告、水电费的通知单，还有用法国国旗的三色镶边的航空信。信封上贴着色彩斑斓水果图案的邮票，还印有看不懂的语言的印章。

藤代俊　先生

这用深蓝色钢笔书写的文字，不用怀疑，就是她的。

• *January*

一月的碎片

我想把失去的东西再找回来。

即便那只剩下碎片。

我在一处远离东京的地方写这封信。

走在这陌生城市的繁华街道上，我想起了那时候的心情。

决心跟你结婚那天的心情。

那是炎热夏日的一天。

商业街上正在举行夏祭，屋台鳞次栉比，人潮涌动。

为了买傍晚的食材，我们扒开人群往前走，紫色夜空上绽放着小小的烟花。

烟花，真是不可思议呀……

看着烟花接二连三地飞上天空，你突然冒出了这么一句。至于烟花是什么形状，什么颜色，我几乎不记得了。可是，和谁一起看的，感觉到了什么，以及那时候的心情是如何的美妙，我都记忆犹新。

你说着，开心地笑了。

之后的一小会儿，你就站在人潮里，抬头望着花火。我则一动不动地看着那张侧脸。只见你也往我这边看了过来，对我说："跟我结婚吧。"两手提着装满蔬菜的塑料袋，告诉我你希望我永远陪在你身边。

那时候，我和你都感受到了彼此的爱意。

共享了一种叫作幸福的感情。

身处这座城市，我有一种将所有的事情置之度外的感觉。

感觉我这个人，不再被这个世界所需要。

可是，一个人的时候，这种孤独还可以忍受。

曾经在我们之间存在过的东西，以及现在失去了的东西。

我们都懈怠了爱。嫌它麻烦。

懒得去把这些细微的心情收集起来。

于是，就这样。我们最终无法走到一起。

我想把失去的东西再找回来。

即便那只剩下碎片。

• *February*

二月的大海

“藤代，你这不是一直在等待吗？
你有过一次主动去寻找什么东西吗？”

窗外，无色的田园风光如流水般淌过。山的出现像是为了将一个个田园分开，穿过这座山又能看到新的田野展现在眼前。总之，哪里都看不到人影。窗外的世界带给人一种仿佛人类已经从这个星球上消失了的错觉。环顾车内，与车外一样，不见一个人影。只载了藤代一人的列车，悄无声息地向前行驶着。从东京出发时下起的雨，渐渐地化作春天的雪。

从小站下车，可以闻到一股轻微的潮水气息。藤代突然想起今天的目的地在海边。尽管车站里不见人影，但车道里还是并排停留着五辆出租车。坐上出租车后，藤代问司机这车站是怎样一种设计，出租车不会太多吗？司机说，因为这座城市里会开车的年轻人已经很少了，不管是去车站，还是去超市，大家都坐出租车出行。司机一边摆饬着他那头浓密的白发，一边哈哈大笑着说。

沿着海边公路开了十分钟之后，就看到一栋大房子。

从出租车上下来，进入胭脂色的大门，可以看到尽头处有一个宽敞的椭圆形中庭。细雪蒙蒙之中，银莲花、椿、水仙和荠菜在静静地绽放。一朵郁金香混在冬季的花朵中，性子好像有点儿急，没等春天完全到来，就已经绽放成一朵火红的花。

“感谢你特意从大老远赶来。”

在玄关处迎接藤代的，是两只三色猫咪和一名身材高挑的女性。“我是电话里跟你联系的中河。”用稍带口音的声音做完自我介绍后，她将藤代领进饭厅，把一杯煎茶放在一尘不染的饭桌上。

“我才该感谢您，谢谢您特意通知我。”

藤代一边低下头，一边观察中河的面容。脸和脖子上有几道深深的皱纹，可是黑色的瞳孔里散发着强有力的光。这是跟很多困难抗争过的战士般的美丽瞳孔。

“还有，这个也请用。”中河端来用木制器皿装盘还冒着热气的汤。番茄酸味后紧接着一股淡淡的洋葱的甜味在舌尖上蔓延。藤代不由得称赞好喝。

太好了，中河露出笑容。她上身穿一件米白色的高领衫，下身是材质柔软的宽松长裤，外面还披了一件白色的外套。她的凉鞋啪啪作响。她端来椅子，在藤代对面坐下来。

“藤代先生，你是医生，对吧？”

“是的，精神科医生。在大学医院做勤务医生。”

“那跟我这种半路出家的完全不一样。”窗外，充当了防风林的竹林在寒风中摇晃。竹林前面，一个坐在轮椅上有些年老的男子缓慢地经过。

“而且，这里用的是跟大学医院完全不一样的一套管理制度。”

三天前的夜里，中河打来了电话。

她说是通过宾得知晓了藤代的联络方式，说有要事需要跟藤代交代。在弥生离家出走的情况下，藤代并不想出远门。“电话里讲不行吗？”藤代问。中河沉默了片刻。话筒的另一边略微可以听到海浪声。明明电话的另一头应该是一个没有去过的地方，却不知为何，这个海浪声听起来如此令人怀念。等待片刻后，她轻轻吸一口气，告诉藤代：

“我想跟您说一些关于伊予田春的事情。”

“很多到这里来的人都活不长。所以，我看过很多死亡。”小春总是一边鼓励这里的人，一边拍着照片。大家都说会把她拍的照片当作自己的遗照。为什么会这样呢？他们说小春拍出了他们自己都没见过的笑脸。

藤代环顾整个食堂。坐在墙壁旁的两只三色猫咪同时叫着。藤代发现，黑白人物照片贴满了整面墙壁。露出羞涩笑容的老爷爷、安静微笑着的美女、一边流泪一边绽放笑容的青年……

“一直居住在离死亡如此近的地方，是怎样一种体验？”

藤代看着用细图钉钉在墙上的笑脸问道。

“虽然也有让人痛苦的事情，但是到这里来的大部分人都能平和地死去。我能做到的，就只有让他们以应有的姿态去迎接死亡而已。”

“您是怎样接受患者的呢？”

“人是一种如果身体和心背离就会产生混乱的生物。所以，当人知道自己要死亡的时候，就会因为这个背离而觉得痛苦。”中河用双手捧起装了煎茶的茶杯，“身体先变得衰弱，接近死亡。这个时候最痛苦。因为心还接受不了要死亡的事实。不过，会有一个时刻，心会赶上身体。当这个心和身体都接受了死亡的事实时，就是安定到来的时候。”

藤代跟中河一样轻轻地端起茶杯。还有点儿烫。到食堂来的老年女性们纷纷笑着挥手打招呼：“先生，您好。”中河笑意盈盈，挥手回应，好像幼小孩子们的母亲。

“小春每周往返一个多小时的时间，去附近城市的影像出租店，为我们挑选在这里播放的影片。我们大家一起看了《罗马假日》《瑟堡的雨伞》《舞台生涯》等。她总是选一些恋爱旧电影，这里的观众们都很喜欢。因为在濒临死亡的时候想起来的是恋爱的回忆。”

“我觉得那些不过是空谈。”

藤代喝了一口煎茶。

“不是这样的。”

中河目不转睛地盯着藤代，瞳孔漆黑。

“我半年前照顾的患者是一名在报社干了四十年的男记者。最后的最后他都作为现役记者在写报道，在濒临死亡的前夕，他说他第一次写了一部小说，拿来作为礼物送给我。是一部描写了与曾经的恋人相遇和分离的恋爱小说。”

“是他忘不掉往昔的恋爱吗？”

“我想这可能跟迷恋没有关系。只是他在即将走向死亡时，回想起了曾经那些强烈的情感。”

两只三色猫咪在桌椅间穿梭，画出漂亮的S形，边叫着边凑到中河的脚边。中河摸了摸它们的头。

“小说怎么样？”

“什么怎么样？”

“我的意思是你觉得那部小说写得怎么样？”

“说真的，我读不太懂。但是写得非常工整认真，我想真不愧是新闻记者出身的人写出来的小说。不过，我还记得他最后写的那句话，让我很有共鸣。”

“什么话？”

“生的实感，在离死亡越近时感觉越清晰。他说，这个绝对矛盾在日常中成形的方式就是恋爱，人处在恋爱情感之中，可以瞬间感觉到自己的存在。”

“说得真好。”藤代笑了笑，“是的，让人不由得想记下来。”她眯着眼睛笑了，并邀请藤代：“雪也停了，我们一起去散散步吧。”

从里面走出来后，眼前的视野里全是蔬菜田地。海风中，蔬菜的叶子像波浪般摇晃。“这是萝卜，这是土豆，还有胡萝卜和卷心菜。”中河在田野里一边走，一边一个个认真地介绍。踩在柔软的土地上，穿过田野，可以看到一个巨大的拐弯的防波堤。在尽头处，还可以看到几个重叠在一起的钢筋水泥板往大海的方向延伸，白色波浪在上面轻轻地拍打。

“小春说最后能去旅行，真好。”望着厚重云朵下宁静的大海，中河继续，“虽然她还喝着药，但还是看到了很多像梦一样的景色，她因此非常欢喜。”

“我收到了几封她的来信。”

“她也给我看了她的照片，乌尤尼的、布拉格的等，还有……”

“冰岛，对吧？”

中河朝着防波堤缓慢走去。那里虽然停泊着几艘渔船，但是并没有航行的迹象，那波涛中摇晃不定的样子，像遇难船一样。藤代跟着她那纤瘦的背影走去。

“住进这里的医院后，小春怎么样了？”

“她很痛苦。”

“……是吗？”

“嗯，非常痛苦。”

说着，中河露出一副痛苦的表情，闭上了眼睛。这表情里仿佛能窥见小春临终前壮烈的时光。

“旅行回来后，小春在大医院接受的手术并不顺利，也找不到合适的抗癌剂。到这里来的时候，已经瘦了很多，饱受疼痛折磨，吐了很多。”

两人在防波堤上肩并肩行走。在钢筋水泥块的尖端，钓鱼的人挥动长杆的姿态化作夕阳下的剪影。

“在生与死之间，有难以忍受的痛。我一直都知道，可是小春的痛苦还是超越了我所能正视的痛楚。为了尽量保持意识的清醒，她也不想使用太多止痛剂。”

是吗。小春。有多痛苦。藤代想说出声来，却吐不出一个字。无论说什么，仿佛都无法作为描述小春最后时刻的准确语言。

“小春，最后还是按她应有的姿态走的。”

“……小春，做了什么？”

“有一天早上，我到病房，只见她手里拿着大胶卷相机。她说她想去海边。那个时候，她因为服用了止痛剂，意识有些模糊，走路也有点儿困难。尽管如此，她还是说什么都想去，她用颤抖的手握住床的一端，好几次要坐起来。我没能忍住眼泪。赶紧把轮椅给她拿过去，推着她去了海边。”

在钢筋水泥堤岸的最末端垂钓的人影突然大幅度移动起来。是钓到大鱼了吗？鱼竿已经弯成了弓状。为了不放掉鱼，钓鱼的人影在不停移动。向左，向右。这不停移动的身影，仿佛在跳着什么舞蹈。中河眯着眼睛，盯着钓鱼人的“舞姿”。

“防波堤的尽头处，她摆好相机，将取景器调到水平线上。用无力的手支撑起相机，不停拍摄这片大海。”

孤独的灰色大海。这是小春最后看到的景色。想到这里，藤代感觉胸口发闷，简直快要无法呼吸。

“……小春很喜欢大海。我们两个人去印度旅行时，到过一个叫作科摩林角的印度南端小城市。在那里，她每天都望着大海。

“实际上，我曾在印度工作。从日本的大学医院中途休息了两年的时间，在新德里医院待过了那段时期。与在那里遇见的印度外科医生交往过。他带我去了科摩林角。我告诉小春这件事后，她非常吃惊。她说感觉跟我有一种命中注定的感觉。”

“是这样啊……真的好巧。”

钓鱼的人停下了脚步，鱼竿已经不再弯曲。他以原来的姿态朝堤岸的最顶端伸出长竿。是鱼已经钓上来了吗？还是鱼从钩上逃走了？

“她一边望着藏在云中的朝日，一边对我说。”

“她说了什么？”

“她说‘我，好像没有赶上’。”

是的。那时候，我们没有赶上。忘却的光影像浪涛一样拍打过来。

从圆形窗口中看到的银色翅膀。什么时候我们再来看吧。在从印度回来的飞机上，小春俯视着眼下的大海，小声地说。是的，什么时候我们一定要再来。藤代回答。

“我们俩错过了科摩林角的日出。尽了力但还是没赶上。我跟小春约好了，什么时候再去。那个时候真的觉得，这是任何时候都可以办到的事情。”

“就在那天下午，她去世了。晚饭时间，我去房间里叫她，她像睡着了一般，悄悄地走了。”

中河从包里取出一个相机。她说：“这个应该交给你。这是小春的业余单反。”藤代接过来，只感觉分外沉重，这个重量仿佛就是与小春在一起度过的岁月。

临别之际，中河笑着说："感谢你今天特意前来。能跟你交谈，真好。托您的福，我一点儿一点儿地想起了小春。"中河说着，依旧保持着笑脸，用纤细的手指拭干了眼角的泪水。

小春的相机里还装着胶卷。

藤代回到东京，为了洗照片，去了一家电器连锁店。听着大音量播放的店内宣传曲，正准备把胶卷放到白色荧光灯照射下的柜台上，这时，藤代突然意识到不该在这里洗照片。

于是，他告诉店员自己要带走胶卷，于是只购买了相纸，就径直走到了大学。穿过只剩下焦黄色枝丫的银杏树林，进入摄影部的活动室，那里有埋头打电脑游戏的老成模样的学生，还有脖子上挂着相机、绽放着灿烂笑容的青年，以及肩并肩坐在沙发上喝咖啡的情侣。看到这副光景，藤代感觉到的，并非似曾相识的怀念之情，而是有一种焦急的心情涌上心头。仿佛这是一场只更换了演员的戏。进而，想到自己再也无法站在这个舞台上，就有一种想要大声叫出来的冲动。墙壁还是一如既往，杂乱无章地贴满了各种各样的照片。只不过，其中的大部分都是用数码相机拍摄后，用 Photoshop 加工过的色彩鲜艳的照片。

得知藤代是学长后，社员们都大吃一惊，客客气气地给藤代端来椅子。藤代跟他们一边谈笑，一边从他们那儿了解到，社团会费涨了一千日元，因为数码相机使用起来轻便，社团的成员增多了等各种新动向。

去海边夏令营作为一个传统保留了下来。他们很爽快地答应了让藤代用暗室。

藤代一个人走到地下，打开暗室门。醋酸的味道一下子唤醒了曾经的记忆。曾经，自己在这里，小春在这里，大岛也在这里。红灯下浮现的图像，让藤代心跳开始加速。他一圈圈将胶卷卷在卷盘上，一边看着放大机，将相纸放在显影液里摇晃，接着倒入定影液、稳定液。他一边回忆着每一个步骤，一边加洗着小春拍摄的照片。

等待照片晾干的两个小时里，藤代也不想回活动室，就走进了大学后面的一家咖啡店。曾经跟小春一同来过的这家咖啡店，一如既往地放着华丽的摇滚音乐。自从与小春分手后，藤代就放弃了胶卷摄影。最后的最后还是没有找到自己真正想拍的东西。结果，也没能拍成人物写真，就连为此后悔的心情也都早已烟消云散。

藤代一边看店里的漫画一边喝柠檬茶，然后结账出门。没想到价格居然跟十年前一模一样，藤代吃惊地看着店主，店主摸了摸自己长长的胡须，问藤代："已经没在摄影了吗？"又问："你那时候的女朋友现在还好吗？"藤代不知道该如何作答，只是礼节性地笑了笑就走出了店门。在某些人的记忆中，小春继续活着。

回到暗室，藤代目不转睛地看着用回形针挂起来的照片。眼睛适应了黑暗后，渐渐地就能看到照片上的大海。虽然聚焦效果不好，曝光也乱七八糟，但是所有的一切仿佛都被包裹上了一层薄薄的纱巾。

藤代一直盯着照片，只见小春真正想拍摄的东西一点儿一点儿地显露出来。不是大海。她对着那被海上厚重的云雾所遮盖着，还拼命绽放光芒的朝阳按下了快门。一张又一张，小春一直在不停地拍摄朝阳。就像是伸出手，去触碰在云端的那边能看见的光芒。

藤代感到腹部痉挛，不禁开始呜咽。他蹲下身子，手中还拿着照片，却已经动弹不得。什么时候我还要再来看朝阳哟。小春的声音在耳边响起。痛苦、悔恨，无以复加。

可是除呻吟之外，别无他法。醋酸的味道似乎让悲伤的轮廓变得模糊起来，藤代一时无法从暗室里走出来。

Mask 用他那骨节突起的长手指握住麦克风。

韩国组合的舞曲奏响，轰鸣的重低音在被 LED 包围的空间里回荡。眼前的显示屏上播放出一条条歌词。Mask 也不看歌词，就在扇形舞台上一边摇晃着身子一边唱了起来。他的身后是电吉他、电贝斯，还有电鼓。三个人就像是约好了一样，长上衣、长头发、下半身被铅笔裤包裹着，搭配着破破烂烂的匡威运动鞋。

刚唱完 Mask 就闭上眼睛举起拳头，自始至终一副韩国明星范儿唱完整首曲子的他，得到了舞台边观众们热烈的掌声。他露出腼腆的笑容，从舞台上走下来。很快，20 世纪 80 年代的偶像歌曲响起，乐队炸开了花。

“真了不起。”

藤代看着身着衬衫的胖男子高举双手往舞台走去，在 Mask 耳边说。

“不，最初是有点儿害羞，不过唱完后没想到心情这么舒畅。没想到自己竟然敢在乐队面前唱歌。”

Mask 眯着他那修长的眼角，笑嘻嘻的。外面寒气十足，但他穿了一件大领口的白色薄 T 恤。从他的后背，能闻到微甜的香味。

这栋挤满了外国人俱乐部和女子酒吧的市中心综合大楼，藤代跟 Mask 两人一起来到最顶层的现场演奏卡拉 OK 厅。得知小春死讯后的第三个星期，生活一切照旧，弥生还是没有回来。藤代有一种身体被掏空后，被丢弃在荒野里的感觉。可是，却又像是被打了麻醉药，感觉不到疼痛。他一直躺在床上，过着每天只是呆呆地看着天花板的日子。

五天前 Mask 邀请他去喝酒。藤代在回信的邮件里写了自己可以去喝酒的日期和时间后，就顺带写了婚礼延期的事情。

上周，藤代一个人去了举行婚礼的酒店，取消了酒店的预定，随便编了一个亲戚遭遇不幸之类的理由。婚礼策划师还是一如既往地展现出完美的笑容，提出延期一次的解决方案，并给了藤代一个带有鼓励的笑脸，仿佛在说："你的情况一点儿都不特殊。"

藤代本打算去个安静的酒吧聊聊天，可到达的却是绚烂灯光照耀下有乐队现场演奏的卡拉 OK 厅。看到藤代进入店内后一副愕然的样子，Mask 兴奋地说：“悲伤的话还是要在这种傻不拉唧的地方说好。”

“弥生小姐出走了啊，这不得了。”

Mask 边喝着第二杯啤酒，边傻呵呵地笑着。啤酒杯中的黄色液体在 LED 灯的照射下，发出彩虹色的光。

“你这小子，别说得像件高兴的事儿似的。”

藤代喝了一口威士忌，敲了一下 Mask 的头。Mask 说：“对不起，不知怎么的，就觉得好笑。”在舞台上，身着婚纱的白人女性一边唱着泰勒·斯威夫特的热门歌曲，一边蹦跶着。身边观众爆发出一阵欢呼。在这个地方，歌手和观众们迅速交替地唱着歌。

“我还去老家说明了情况。”藤代提高声音。在这个地方，哪怕是不好意思的话，如果你不大声说，对方也听不到。“我告诉她妈妈，婚礼要延期，本以为肯定会被骂一顿，可没想到，她竟然像你这样笑了。”

“看嘛，确实很有趣嘛。因为弥生小姐，并不像是会随便犯这种错误的人呀。”

“她妈妈笑着说：‘是不应该出现这种事情。要是遇到啥不测，反而还更好呢。’”

中午过后，藤代就顺道回了自己的老家，跟母亲一直谈到傍晚。父亲已经不在了，只剩下老猫和母亲的这个家中，仿佛又取回了曾经有过的一些温情。在分别之际，母亲说，父亲之所以无法接受他人，是因为他对自己并不太了解。藤代不知道该怎么回答，只说了声再见，就关上了玻璃滑拉门。一阵沉默后，从门的另一端传来了母亲自言自语的声音。“那，得开始做晚饭了哟。”然后就随着轻轻的“啪嗒啪嗒”的脚步声，映照在玻璃门上的影子逐渐变小。

“藤代你说，为什么大家都要结婚呢？”

“是啊，为什么。可能是因为没什么不结婚的理由吧。”

“这算什么理由啊，这不是排除法吗？”

“肯定到某个年龄阶段，就会想结婚，想要有家庭和孩子。”

真的想结婚吗？就像在聊旁人的事情一样，藤代自问道。然而，这听起来却像是没有意义的问题。因为恐怕找不到答案。音乐进入即兴演奏阶段，张扬的吉他声响起。舞台上的白人女性边转边跳。每次从裙摆下露出白花花的大腿时，现场都响起一片欢呼声。客人们都喝得醉醺醺的了，还一边和着其他人的歌曲一边打着拍子放声大笑。

“我这些日子去了一个在电视台工作的朋友的生日聚会。”见藤代没有说话，Mask 继续说，“跟那些来参会的嘉宾说着说着，我就逐渐冷静了下来。”

“为什么？”

“虽然有各种各样的人，结婚后幸福的人、不幸的人、结了好几次婚的人、想结婚却结不了婚的人、能结婚却特意不结婚的人……我想，我哪一类都算不上。”

“没这回事儿，你这家伙明明很受欢迎。”

白人女性唱完后，照明灯关闭，霓虹球开始转动。刚才在做酒水服务的男服务员拿起了话筒，用像拳击比赛播音员一样有气势的音调，开始介绍乐队的每一个成员。可能是因为音量太大了吧，麦克风中发出刺耳的噪声。

“藤代，对我来说，可能还是自己最重要。不，在那个派对上的所有人肯定都是这样。然后与某个人一直在一起，这样不会感觉有勉强的时候吗？”

服务员介绍完后，沐浴在灯光中的来宾开始展示他那华丽丽的吉他独奏。可是，目光却虚无缥缈。回过神，他发现贝斯和鼓手的目光都一样地空洞无神。

“可能正如你所说，恋爱这种事情就是不合理的。”藤代在独奏完之后瞬间的安静状态下，继续说，“即便如此，大家还是要结婚，是因为大家都是孤独的。虽然一副欢快的样子，但还是很恐惧孤零零的一个人。”

“难怪，像藤代这样的人也要结婚呀。”

Mask 微微一笑，喝光了酒杯中的啤酒。“你真烦。”藤代又拍了一下 Mask 的脑袋。

父亲之所以无法接受他人，是因为他不了解自己。在吉他的喧闹声中，母亲的声音仿佛在耳边响起。“你父亲，总觉得给予就意味着要放弃什么。虽然憧憬着能大量给予的幸福，却无论如何也没能做到。”母亲一边吃着从车站前买来的甜腻的奶酪蛋糕，一边说道。

“藤代……”

一直目不转睛地盯着吉他演奏的 Mask 轻声叫。

“怎么了？”

“我有可能，不会做组建家庭、生孩子抚养孩子之类的事情。虽然，现在跟藤代一起这样喝酒，可是藤代你什么时候结了婚，生了小孩后，就会离开我。但我感觉我肯定不会有那样的未来了，我可能不得不永远都是一个人。”

一口气说完后，Mask 盯着藤代。那长长的睫毛在 LED 灯的照射下泛着紫色的光。

相识大约半年后的某一天，藤代跟 Mask 两人在神乐坂的酒吧里喝酒。Mask 喝得烂醉如泥，藤代只好把他带回自己的家中。

两人跌跌撞撞地进了房间，藤代直接躺在床上，Mask 也在对面的沙发上睡下。

黎明时分，窗外有几分亮色。仿佛听见谁的声音，藤代睁开眼，往窗边的沙发上看去，裹在毛毯里的 Mask 用猫一样的眼神注视着他。“我可以去你的床上吗？”Mask 轻声问道。藤代没立刻反应过来。虽然听朋友说 Mask 是同性恋，但到目前为止都没有见他对自己采取过任何出格的举动。此刻，只有墙上的钟发出的嘀嗒声在两人之间流淌。Mask 继续说：“我一个人睡不着。”藤代硬撑着扬起嘴角，说：“别这样，这不就像同性恋了吗？”Mask 盯着藤代看了片刻，歪脸一笑，说：“也是也是。”说着就钻进毛毯里去了。

木吉他弹奏的前奏响起。一个长发男子带着白人女子站上台去，拿起话筒。“四月，她将到来。溪流如同佳酿，雨水融入其中。”他们用宛若歌手般通透的声音，用优美的英语开始演唱。雪白的衬衫搭配漆皮靴，及腰的长发捆绑在一起的这个男子，让大家不由得为之吸引，观众们都安安静静地盯着舞台。

“Simon & Garfunkel。那大叔来真格的啊。”Mask在耳边说。“五月，她将留下，在我的怀里休息。”长发男子继续唱着歌。

“《四月女友》。这首歌我曾经的前辈经常唱。”

藤代目不转睛地看着舞台。

“真是清纯的歌词啊。”

Mask露出一副舒适的表情，闭上眼睛，摇晃身体。

“六月，她将唱起新的歌谣，在无眠的夜里隐匿行踪。”

和着长发男子的节拍，Mask也用英语跟着哼。他那柔美的颤音刺激着藤代的耳膜。这时，藤代想起，看到大岛唱这首歌的人并不是自己，而是小春。小春看到的景色，不知不觉间变成了自己看到的东西。

“说起Simon & Garfunkel，还是《毕业生》最有名吧。

藤代你看过吗？传说中的电影、这首曲子和 ***Mrs. Robinson***，以及 *Sound of Silence*。”

“啊，是啊，最后一幕令人印象深刻。”

“对！后来赶到的达斯汀·霍夫曼向白色教堂飞奔而去，抢走了身着婚纱的新娘。然后坐上了黄色巴士，两人在最后一排座位上相视而笑。”

“这时候 Simon & Garfunkel 的歌就响了起来。”

“留在电影史上的圆满结局。”

“……对，大家都会这么觉得吧？” Mask 歪嘴一笑继续说，“你可以再看一遍那部电影，你的印象会完全改变。”

“什么意思？”

“私奔的两人坐上巴士，一脸兴奋地相视而笑。可是，车启动后不一会儿，两人都忽然变成严肃脸，随着巴士摇晃，各自都带着一副不安的表情，六神无主，把头埋得低低的。刚才充满希望的笑颜早已没了踪影。” Mask 滔滔不绝地说着。

“七月，她离去。毫无预兆，突然消失。” 舞台上的长发男子闭上眼睛，手放在胸口。“八月，她将死去。秋风凛凛，寒冷刺骨。”

“那部电影的最后一幕，在我看来是非常绝望的。即便是私奔了，可我们今后该怎样生活下去呢？这是一个被现实所拷问的结局。”

“你依旧很犀利呀。”

“难道不是这样吗？可能对于他们来说，爱情的最高峰毫无疑问就是私奔的那一瞬间了。在那之后，就只能从山坡上往下滑。”

回过神，歌曲已经唱完了，长发男子深深地鞠了一躬。观众们爆发出雷鸣般的掌声。

就像要吹散冰冷的空气一样，吉他手们演奏起硬摇滚的前奏。本以为是创业家出身的身着朋克衣服的青年登上舞台。藤代痴痴地看着青年的背影，Mask 凑到他的耳边说：“藤代，你有在认真地寻找弥生吗？你没有认真地找吧？”

“你在说什么？我一直在找。”

“真的？藤代，你这不是一直在等待吗？你有过一次主动去寻找什么东西吗？”

“你小子……”

Mask 用盖过藤代声音的音量继续说道：“如果真的在主动寻找的话，你不该更烦恼，更痛苦吗？如果真的不想放手，不是该更繁忙，更挣扎吗？结果，其实藤代你只是在把弥生从你手中放走而已。”

藤代一腔热血的脑袋，瞬间冷静了下来。

他想起在雨中奔跑的小春的背影。那时，没有能追赶上她。明明自己是那样喜欢她，却轻轻松松地就放弃了小春。然而，现在，依旧在想放弃自己爱的人。为什么会这样？为什么对于爱这件事情不再执着？虽然在激烈的吉他声中，藤代有想要把一切表达出来的欲望，但他无法把这种心情付诸语言。而这语言又该告诉谁才好，他也不知道。

“唉，不过，男人大多在这种事情上是个傻瓜。我也是这样的。”Mask 目不转睛地盯着埋着脑袋一言不发的藤代，“可是，我想，当人发现自己谁都不爱的时候，肯定会觉得寂寞的。因为谁都不爱，这就意味着连自己都不爱了。”

Mask 的眼神放射着光芒，与那天夜里他蜷缩在毛毯里往这边望过来的眼神一样。

深夜里，藤代回到家中，打开弥生房间的门。

与冰冷的空气一同飘过来的还有弥生颈部那微甜的香味。

藤代就像在驱散这气味般，轻轻地踏进这个房间。木制书桌上，摆放着黑色的台灯，看起来像在微微点头致敬。书架上非常整齐地按照大小顺序并排放着书。最边上还搁置着藤代和弥生两人的照片。是在哪家餐厅来着？在烛光中，两人欢笑着。藤代拿起这张照片，看了好一会儿，却想不起这是什么时候在哪里照的。而且，连那时候的感情也想不起来。

藤代时隔两年躺在弥生的床上，用柔软的羽绒被包住自己的身体。可是，羽绒被的表面却让人感觉冰冷，他不由得身子发颤。他盯着天花板，感觉到身体的热度缓慢地在床被里蔓延。

“九月，我将怀念，曾经鲜活如今苍白的爱情。”

那个长发男子的歌声在耳边回响。忽然，他感觉到头部有什么东西，往枕边一看，有一封信被打开放在了那里。

那是不知什么时候寄来的，来自小春的最后一封信。

四　月　女　友

March

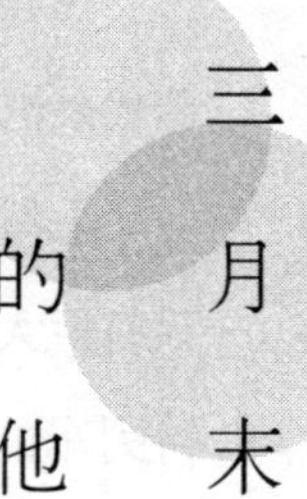

三月末的他

在平平淡淡的日常中，

带着爱生活下去。

在洋溢着香料味道和滚动人流的热气的展台角落里，藤代呆坐在行李箱上。

虽然车站很大，这里却既没有食堂，也没有咖啡店，只有巨大的水泥站台纵向排成三列，平行地铺展开去。等待列车的人们摊开大包小包的行李，躺在上面打发时间。躺得横七竖八的人群间，老实的野狗们来回走动着。

去科摩林角的列车，预定在正午发车。藤代退了酒店房间，赶到街外的车站时，年老的列车员告诉他列车晚点了。“没办法，这里经常发生这种事情。”他缩着脖子自言自语道。藤代问列车什么时候来。列车员用嘶哑的声音说他也不知道。还会花一点儿时间。可能还有三个小时，或者四个小时吧。

所有的列车都迟到了很久，无处可去的乘客挤满了车站。野狗和孩子们相邻而眠。还要在这种地方待几个小时，该做点儿什么来打发时间呢？藤代感到不知所措。这时，他想起了那个鱼咖喱的味道。九年前，跟小春一起来这里时吃的那个咖喱，好想再吃一次。

身着白色纱丽的美貌服务员端来装在银色托盘里的咖喱。

稍稍泛红的奶油色汤里，有煮透了的柔软白身鱼和蔬菜。跟香料一起入口后，只感觉辣味，还有多种异文化融合后的香料味在口中扩散。

去过南印度科钦旅游的朋友曾说过，去了那里一定要去吃鱼咖喱。

虽然其他的东西也很好吃，但是你只需要吃鱼咖喱就行了，朋友反复念叨。虽然，藤代和小春都吃了很多各种各样的东西，但是他们都觉得确实吃鱼咖喱就能满足了。

那家店内有古典的装饰，白色和浅蓝色的瓷砖相互穿插，呈现出条纹状。从大窗户望出去的街道上，车辆和人力车川流不息。可是餐厅内部却犹如另一个世界一样，流淌着安静清爽的时光。

昨天到达科钦的藤代，来到了这家曾经吃过鱼咖喱的餐厅。可是，这里却建起了崭新的商务酒店。耀眼的阳光让明镜般的窗户闪闪发亮。藤代眯着眼睛，抬起头看天空。也许这样最好。因为再也不可能跟小春一起吃到那个咖喱了。曾经存在过那家咖喱店的上空，泛着微微的湛蓝色。

天色渐暗，站台上，藤代无所事事，只是静静候车。他不看书，不听音乐，也不玩手机，只是接受当下的状态，静静地等待着。

最开始的一个小时里，他还饶有兴趣地看着那些平日里难得一见的景色，还有聚集在车站里的当地人。可是，三个小时、四个小时过去后，渐渐地等待变成了一件痛苦的事情。尽管如此，一个人时的孤独还是可以忍受的。藤代侧卧到微凉的水泥地上，继续看着淡紫色的天空。

晚点了六个小时的夜班列车终于朝南方缓慢行驶起来。

九个小时后，就应该可以到达终点站。

藤代照着车票上印刷的数字，赶上了自己应该乘坐的列车，找到了自己的卧铺。车票上写着 34B。可是，在这个数字对应的床铺上已经有印度青年坐在上面了。宽阔的后背，有肌肉的粗壮手臂，身上穿着像军装一样的制服，手机音量调到了最大，听着嘻哈音乐。随意放在床上的看起来沉甸甸的双肩包。被喝完后压扁的百事可乐罐。跟随着音乐晃动的青年的膝盖。

“这是我的床。”藤代一边拿出车票一边对他说。“34B。”藤代重复道。可是，青年没有拿出车票的意向，他歪着头，继续跟着音乐的节拍晃动着膝盖。他那重重的靴子踩踏在地板上，发出沉重的声响。

藤代感觉身体无力，也没有心思和这个男人干一架，把自己的床抢回来。长时间的等车，已经等得整个人筋疲力尽。其他的床铺都坐满了人。列车长虽然知道情况，但他看起来正装出一副没看见的样子。可是，不争，接下来的九个小时怎么办？

突然，闭着眼睛躺在对面床铺的老婆婆缓缓坐起身来，用当地语跟青年交谈起来。青年一时装作没听见，继续听音乐，于是老太婆就站起身开始谩骂，手脚并用地对着青年一阵斥责后，青年总算妥协了，从床上站起来走了出去。老婆婆对着青年背影大吼了一句后，就掀了掀她蓝色的纱丽，深深地叹了一口气，再次躺到床上去了。

只剩下自己和老婆婆两人后，藤代用英文表达了感谢。老婆婆依旧是一副不高兴的面孔，她摇了摇头，用带有浓厚的当地口音的英语说："有些人真不是个东西。"虽然没完全听懂她讲话的内容，但是藤代大概能明白她想表达对那个人的不满。"不过，你也是的，你自己不争取，这也不行啊。"

端着茶壶的少年从卧铺旁的过道里经过。藤代叫住少年，买了两份茶，一份给自己，一份给老婆婆。老婆婆接过装在纸杯中的茶，这才露出一丝微笑，喝起又暖又甜的茶饮。

粉红色的夕阳温柔地照耀着窗外广袤的田野。牛群在徐徐漫步，少年们在尘土中追赶足球。列车穿过几个小车站，在各个车站等待的人群像风景一般在眼前流淌。什么时候才会有列车停留在那样的小站呢？几辆列车连续穿过小站。就像自己的人生不会跟在那些小站里等待的人们交汇一样，接下来这个小站仿佛也永远等不来会为它停留的列车。

低沉的轻微的声音传来。旁边床铺的老婆婆正闭着眼哼着歌。那是一曲又悲伤又温柔，恍若摇篮曲一样的调子。那是像一边颤抖，一边哭泣的歌声。藤代看着被粉红色夕阳染红的印度大地，听着这样的歌声，感觉这片陌生的土地，仿佛也变成了自己的故乡似的。

藤代用手脚比画着，问老婆婆在唱什么歌。老婆婆回答，这是南印度的古老民谣，讲的是坠入爱河的男女超越了两人的身份差异，私订终身。可是，他们的愿望却没能实现，最后悲伤至极的男人投河自尽。听到死讯的女人也跳入了那条河流所注入的大海之中死去了。两人在广阔的大海中再次相会。

老婆婆说：“人虽然死了，却永远留在了我们的身边，鼓励着我们活下去。”

她继续唱起歌来。她一遍又一遍地唱着，渐渐地，窗外的天色变暗，不久，黑黝黝的夜色涂抹了一切。那像摇篮曲般的歌谣让人倍感舒服，不知不觉，藤代睡着了。梦中，那首歌曲依旧回响在耳边。那是三月里的最后一个夜晚。

给藤代

我现在住在一家海边的医院里。

这里是我度过最后时光的场所。

我可能会死去。

当意识到这一点时，我踏上了旅途。

乌尤尼的天空之镜、布拉格的大时钟，还有冰岛黑色的沙海。

我想看完所有想看的景色，把在那里感受到的东西记录在照片里。

最后想去的地方，我已经决定了。

印度的科摩林角，我想去看一次没能跟藤代一同看到的日出。

藤代，你还记得那天的婚礼吗？

九年前，我们两人一同去的科摩林角的那家靠近大海的纯白色的酒店。活力十足的店员们、古典味浓郁的床铺，还有像废墟般的六层台阶、屋顶上能眺望闪闪发光的大海的阳台。我们遇到的那个印度青年，眼睛像宝石一般黑得发亮，鼻子高挺。喝过红酒后醉醺醺的我们跟那一人独饮的青年搭话，很快大家就情投意合了。

“明天我要结婚了。”

离别的时候，他突然告诉我们。我们都大吃一惊，表情夸张地向他送去祝福。他邀请我们去参加他的婚礼。

铃兰的吊饰、色彩斑斓的纱丽、天鹅绒质地的太阳伞、粉红色的穆斯林头巾、卷成几重的宝石手腕、美丽花纹的陶器、七个厨师制作出来的料理。

刚过正午，我们赶到现场时，那里已经被布置得仿佛婚礼现场一般，大家正在慌忙地准备着婚礼。

锡塔琴乐团入场，开始演奏华丽的音乐。身着金光闪闪的纱丽的舞者们连成一条弧线跳起了舞。从并排的椰子树间，那个青年跟着大象的队伍一同入场。他的身旁坐着跟印度电影里出现过的女演员一样美丽的新娘。

那时候，我真的非常惊讶。那时，我们才第一次知道原来他是偷偷地出来喝酒的印度土邦主。

在那花香四溢的花棚里，婚礼如期举行。我们坐在长长的餐桌上，吃了丰盛的食物。夜晚降临时，随着乐团的音乐，身着白衣的新郎、裹在水色纱丽里的新娘跳起舞来。大家渐渐地也相继跟着跳起来，一边撒花一边歌唱，一会儿又大叫，一直跳到天空微微泛蓝为止。四周撒满了鲜花，像一片黄色的大海。

天亮之时，本应该跟新郎新娘一起去科摩林角海边看日出。

印度最南部大海上的日出。

“肯定会让你们的人生朝着更好的方向发展。”

土邦主告诉我们。可是，我们却在屋里睡着了。于是，没有看日出就回到了日本。

什么时候再一起来看。在回程的飞机上，我们约定。那个时候，我们相信任何时候都可以看到。

还想去一次科摩林角。

我想把自己感受到的朝阳记录在照片里，给藤代看。

可是，现在好像来不及了。

当我知道自己即将死去时，我决定从过去寻找那些对我来说重要的东西。于是，我翻开相册，挑选出那一张张照片。

凌乱的大学教室、光照良好的公寓、备货齐全的碟片出租屋、生姜烧饼好吃的套餐店、从高楼大厦之间看到的蓝天、小小的邮票、有跷跷板的公园。平平淡淡的日常景色。

我才发现我想探求的世界原来就在日常生活中。所有的一切都像被乳白色的纱巾覆盖着，像那乌尤尼一样、像那布拉格一样、像那冰岛一样，是在天堂与大地之间的景色。

突然，我的眼泪就流了出来。这时，我明白了，原来自己并不是从这个世界上消失，而是融入这个世界里去。

悲伤的心情与幸福的心情，似乎有些相似。

此刻，我感受着温暖的风。春天很快就要到来。再等一会儿，再等一会儿，仿佛就能听见藤代的声音。在那大学的暗室里，从背后传来的声响；在那开往大海的巴士中，大家欢笑的声音；大岛在海边，唱的那首《四月女友》。活在这个世界上的人们，都爱着某人。

我为死亡感到悲伤。可是，却并不因此憎恨死亡这个事实。

现在是否还喜欢藤代，说实话，我自己也不知道。

可能只是想写信了而已。

可是，现在写着最后的信，我发现了。

我是想自己了。想念喜欢你的时候的那个自己了。

想再次见到那时那个坦荡荡的自己，所以才写下了这些信。

我爱着别人的时候，也同时得到了别人的爱。

就像日食一样。

在那一瞬间，“我的爱”和“你的爱”变得同等重量。

今日的爱不可避免地会变成昨日的爱。可是，只有共享了那一瞬间的两个人，才能坦然接受爱会变化这一事实。

再见了。

祝愿，现在你有所爱的人，而且这个人也爱着你。

即便这只是一瞬间的事情，你也成了共享这心情的一个人。

伊予田春

通知列车已到达终点站的广播传来，藤代睁开了眼睛。

看看对面的床铺，老婆婆已经不在。只有她喝过的茶杯还孤零零地被搁置在窗边。谢谢，再见了。离别之际，多想跟她说上这么一句。肯定再也见不到她了吧。就跟那些在列车通过的小站上等待的人一样。大部分的相遇就是这样，不过是一些偶然的交集而已。

清晨的车站像深夜一样漆黑。那种黑上加黑的深深的黑。

从夜班列车上下来的乘客们，小心翼翼地走在宽阔的站台上。背上背着比身体还大的行李，在黑暗中挪步，在这些轮廓里，感觉不到生命的迹象。

穿过黑暗，总算是到达了一个被一个电灯泡点亮的检票口。藤代穿过人流，走出车站后，坐上出租车，告知司机要去科摩林角海边。

“是要去看日出吗？”

司机一边走在破破烂烂的车站前的公路上，一边操着英语的只言片语问。后视镜上挂着白色贝壳的装饰物，每次车一摇晃，就发出咔嚓咔嚓的声响。

“是的。但愿能赶上。”

藤代满怀期望地回答，目不转睛地盯着前面玻璃窗外无尽的黑暗。控制板上装饰着花环，花环上还有小小的用黑木雕刻的大象。这是一个大象姿态的神像。

“那片海很特别。”

街灯的光照亮了司机的脸。他是一位像圣诞老人那样蓄着浓密的白色胡须的老人。

“哪点特别？”

藤代从小旅行箱中，取出一瓶矿泉水。他发现自己非常口渴。

“那是印度洋、阿拉伯海以及孟加拉湾，三处海洋交错的圣地。”

“我以前来这里的时候听说过。”

“看到日出了吗？”

“不，我错过了。花了十年的时间，总算又可以来看了。”

藤代跟医院请了三天的假，勉勉强强得到了许可。面对支支吾吾的医局长，奈奈提出了代理出勤的申请。“我等着藤代先生带故事回来哟。”她笑着为藤代送行。伍迪·艾伦则交给 Mask 帮忙照看。Mask 感叹道："我明明对猫咪过敏的。可是，借这个机会克服一下吧。其实，我非常喜欢猫的啦。"他眼角的笑纹都出来了。分别的时候，伍迪·艾伦跳到旅行箱里，直勾勾地盯着藤代，那双眼睛好像在说："主人，你为什么要走？"

出租车穿过破破烂烂的沙石子路，开上了水泥道。顿时，车体不再摇晃，车内也没有了声响。以迅猛的速度从对面开过来的车辆的灯光，照亮了行走在夜路上的孩子们。他们也是去看日出吗？心里一焦急就更口渴了。藤代又拿起矿泉水瓶，一口气把水喝干。

"没问题的。"出租车司机从后视镜里望着藤代，低声说，"可能能赶上日出。"说完便踩了一脚加速器。这辆旧出租车就像念咒语一样颤抖着加速向前奔去。

在弥生的房间里找到小春的信时，藤代感觉自己仿佛从一个长长的梦中苏醒过来。

他拿起信回到客厅，一字一句地读起来。藤代失去的动心回来了，跟随着硬信纸的手感，那些无法回避的事实都飞蹿到心里来。小春死了的事实，弥生读了这封信的事实。这些所有的都是事实。

弥生肯定一下子就明白了藤代和小春的关系已经成为过去。同时，也知道了无论如何也无法回头的事实。即便如此，藤代还是担心弥生读过这封信后的感受。并不是因为她知道了藤代藏在心中的恋情。小春直白的心情，她最后时期的想法，藤代与弥生之间丧失了什么感情，这些都明显地浮出了水面。

祝愿，现在你有所爱的人，且这个人也爱着你。

小春写下的文字颤抖得厉害。是因为手指使不上劲儿吗？文字全都摇摇晃晃，看起来没有力气。即便如此，她还是在那个她看得到海的医院，颤抖着手，使出全身力气，将心情传递给了藤代。

我的心中有这般想要传达的心情吗。藤代想。应该给小春怎样的回复才好。只要爱上一个人，就相信在对方的心中也能萌发出对自己的爱意，因此跳入爱河。可是，这么简单的事情，我却做不到。感觉自己已经失去了能匹配“爱”这个字的情感。

小春的信中附带着照片。

藤代欢笑的侧脸。那是两人第一次去涩谷，在回来的列车里小春拍下的照片。自己也没有看见过的自己的笑颜。小春却看到了。在一个浅色的世界里。在那个有爱的世界里。确实，那个时候，藤代存在过。

出租车突然急刹车停住了。

眼前的道路上，接连停了三辆巡逻车。

“让我过去！我要把这位客人拉去海边。”

打开车窗，司机对警官们大声叫道。

“今天就到这里吧。通往大海的道路非常混乱。为了防止危险，从这里开始就请步行吧。”身材魁梧的警官走到出租车旁说。

“第一次遇到这种事情。”司机还是不放弃，“我的客人很赶。”司机在兑现他的诺言。可是，警官没有退让的意向，草草就结束了对话，往巡逻车的方向走去。

“对不起。从这里开始步行吧。”

司机转头望向客座，满脸歉意地对藤代说。控制板上方的神像也像盯着藤代似的。

“到海边还有多久？”

藤代一边打开车门一边问。

“多久？”司机抿嘴一笑，“这就要看你了。”

藤代报以苦笑，从后备厢里取出行李箱。他拉着沉甸甸的箱子开始往前走。在不平整的沙石子路上，行李箱咯吱咯吱地“跳动”着。

眼前的道路，长得一眼望不到尽头。他的气息开始急促，胸中感到难受，背上大汗淋漓。踩在沙石子里的脚心，已经滚烫到麻木。在这个时隔十年造访的印度城市里，藤代拖着沉重的行李，满头大汗地往前走，他突然感觉这副模样好滑稽，不禁想要笑出来。

长长的道路两旁，分布着密密麻麻的售货摊。白色贝壳首饰被陈列在桌上，颜色鲜艳的 T 恤被挂在衣架上。熟透了的黄色香蕉和杧果，油炸面包的香味，摆放得乱七八糟的儿童玩具，大大小小各式各样的挂钟，迎着朝日的微弱光芒，无数的露天摊位都在做开业的准备。藤代一边侧眼斜视这些摊位，一边继续往前走。行人的数量逐渐变少。从观光客模样的家庭团体，到身着大红色袈裟的修行僧们，大家都笔直地往前走。多少年没有这样拼命地往前走了啊。不，可能这样拼命的行走，从来都没有过。

路的尽头，可以看见一个用线缆一圈圈缠绕着的巨大灯塔。应该离大海很近了。可是，却总是够不着。越往前走，路仿佛就越长。脚步声越来越急，和着心跳前进。

长长的道路尽头，天空开始变得明亮。从蓝色变成白色，然后逐渐变为橙色，呈现出美丽的渐变。朝日就在不远的那方。藤代气息急促，步伐加快，他感觉呼吸变得困难，抬起头，天空中在那非常遥远的地方可以略微看到白色的明月，在那渐渐放明的天空中，焕发出虚幻的光芒。

道路的尽头突然出现一个巨大的弧形。

藤代小跑着穿过拐角，眼前出现了一片浓郁蔚蓝的大海。大海中漂浮的小岛上，树立着巨大的石像。蓝色、白色、橙色等渐变色包裹的天空，像是为神像描绘了的轮廓。印度洋、阿拉伯海、孟加拉湾，三股海流交汇的圣地。仿佛听见那个司机的声音。神灵啊，请保佑我!

缓缓倾斜的海岸边，挤满了人。微暗的沙滩上，可以看到数千人影。成排的纱丽服女人站在沙滩上，修行僧们站在波浪中，让海水淹过半个身子，视线朝着光的方向。藤代在人群中，目不转睛地盯着大海。大海的尽头，光的轮廓微微地显现出来。为了不错过朝日，人群像聚集在海岸边的鸟群一般移动着。

摇摇晃晃的水平线处，朝日出现了。

强烈的光线射入眼帘。天翻地覆的声音腾空跃起。不是欢呼声，也不是哀号。像是只有接触了神圣的东西的人，才能发出的声响集合。观众们一齐朝着朝日，双手合十，开始祷告。修行僧们一个个奔向波涛汹涌的浪花，投入大海的怀抱。在朝日的照射下，大海变成了鲜绿色，闪闪发光。在那大海尽头的巨大石像，以及那温和的笑容，跟光圈一起渐渐清晰。

藤代仿佛听到有人在呼唤自己，他朝浪花的方向看去。

在被朝日照亮的人群中，藤代看见了弥生。混在一群身着颜色各异的纱丽服的女性中，正一个人看着朝日。

“弥生！”

藤代大叫。他的声音被汹涌的浪声淹没。穿过朝着日出双手合十的人群的空隙，藤代一边拖着行李箱，一边朝弥生靠近。呼吸急促，额头上滴下汗珠来。他又一次呼唤她的名字。可是，声音依旧微弱且瑟瑟发抖。这时，他发现自己的眼角已经流出泪来。

跟弥生两人走在从大学到地铁的那条狭窄的路上时，

藤代感觉接下来也会一直跟她在一起；在动物园里扔苹果时，也对不会输给她这件事深信不疑；在商业街上一边看烟花一边跟弥生求婚时，她说她的想法跟我一致。月亮和太阳重合的一瞬间的奇迹。那彼此相爱，像日食般的一瞬间浮上心头。

我爱人的时候，第一次得到了别人的爱。

只要活在这世上，爱肯定会离去。不可避免地，这个时刻肯定会来临。可是，这爱的瞬间，给此刻的生命赋予了轮廓。无法互相理解的两个人也能在一起。牵着彼此的手，拥抱对方。失去的东西无法取回来。可是，却可以将还残留在两人之间的碎片，一块一块地拾起来。

藤代想再跟弥生一起喝杯暖暖的咖啡，在客厅里。她在打扫，我在洗碗。每天早上起床，对彼此说早安。现在在做什么啊。一边工作，一边不由得想起她。推开门，告诉她我回来了，然后听到她对我说，欢迎回家。一天结束时，在睡前说晚安，一起同枕而眠，在平平淡淡的日常中，带着爱生活下去。

弥生淡茶色的瞳孔朝这边望过来，看着藤代。

回过神，藤代发现自己已经奔跑起来。丢下陷在沙堆里的行李箱。不是过去，也不是未来。是朝着此刻的她奔去。被泪湿润的眼睛里是密密麻麻的人群，在朝日的照耀下散发着金黄色的光。太阳一点一点地升上天空，将海岸染成橘黄色。巨大的石像就像守护着这个世界上所有人一样，从海上径直眺望着这方。天空由蓝色变为红色，渐渐地融合成白色。

温暖的风吹来。

白色的花朵在弥生的脚边盛开。阳光温柔地将两人包裹起来。不知不觉间，春天已经来临。

藤代拨开人群，向弥生的方向跑去，在四月的朝阳中，去迎接她。

祝愿，现在你有所爱的人，且这个人也爱着你。

图书在版编目（CIP）数据

四月女友 /（日）川村元气著；闫雪译 . —长沙：湖南文艺出版社，2018.1
ISBN 978-7-5404-8352-4

Ⅰ . ①四… Ⅱ . ①川… ②闫… Ⅲ . ①长篇小说—日本—现代 Ⅳ . ① I313.45

中国版本图书馆 CIP 数据核字（2017）第 256520 号

著作权合同登记号：图字 18-2017-195

上架建议：日本文学丨长篇小说

SIYUE NÜYOU
四月女友

作　　者：[日] 川村元气
译　　者：闫　雪
出 版 人：曾赛丰
责任编辑：薛　健　刘诗哲
监　　制：毛闽峰　赵　萌　李　娜
特约策划：谢晓梅
特约编辑：孙　鹤
版权编辑：闫　雪　孙宇航
营销编辑：杨　帆　周怡文
封面设计：利　锐
版式设计：李　洁
封面摄影：于 Rum
内文插图：Lylean Lee
出版发行：湖南文艺出版社
（长沙市雨花区东二环一段 508 号　邮编：410014）
网　　址：www.hnwy.net
印　　刷：北京中科印刷有限公司
经　　销：新华书店
开　　本：775mm × 1120mm　1/32
字　　数：129 千字
印　　张：8.5
版　　次：2018 年 1 月第 1 版
印　　次：2018 年 1 月第 1 次印刷
书　　号：ISBN 978-7-5404-8352-4
定　　价：39.80 元

若有质量问题，请致电质量监督电话：010-59096394
团购电话：010-59320018